述往

述往事，思来者

忆天涯

舒芜·著

方竹·编

北京出版集团公司

北京出版社

图书在版编目（CIP）数据

忆天涯 / 舒芜著；方竹编 . — 北京：北京出版社，2020.3
ISBN 978-7-200-13504-6

Ⅰ.①忆… Ⅱ.①舒… ②方… Ⅲ.①散文集—中国—当代
Ⅳ.① I267

中国版本图书馆 CIP 数据核字（2017）第 266564 号

出 品 人：安 东 高立志 责任编辑：王忠波 吴剑文
特约编辑：向 霁 责任印制：陈冬梅
封面设计：李浩丽

忆天涯
YI TIANYA

舒芜 著 方竹 编

出 版 北京出版集团公司
 北京出版社
地 址 北京北三环中路 6 号
邮 编 100120
网 址 www.bph.com.cn
总 发 行 北京出版集团公司
印 刷 北京华联印刷有限公司
经 销 新华书店
开 本 880 毫米 × 1230 毫米 1/32
印 张 6 .125
字 数 125 千字
版 次 2020 年 3 月第 1 版
印 次 2020 年 3 月第 1 次印刷
书 号 ISBN 978-7-200-13504-6
定 价 48.00 元

如有印装质量问题，由本社负责调换
质量监督电话 010-58572393

《忆天涯》序

方竹

《忆天涯》是父亲回忆师友的散文结集。我注意到，文中的师友，不论年龄比父亲大还是小，名后必称某先生或某教授，不是前面称呼一下后面省略，是从始至终有敬称。我就想起几年前我去人民文学出版社，遇到外文部的张福生先生，当年出版社给工农兵学员办文学进修班，他是学员，他笑着说：

"好几位老先生，像启功、虞愚他们都是由你爸请来讲课，你爸特讲老礼，老先生来，他总站在门边，稍微欠身伸手请人进，还要送到讲台边；人走又站门边，欠身请人先走，礼数真是太周到了，我都觉得有点太客气了，呵呵！"

父亲曾说过："中国有句老话，礼多人不怪。"

这种礼已深入他的血液，难怪有一次父亲在庞朴先生的儿子面前对我说："你随这位哥哥上楼借一本书。"而这"哥哥"，比我小七八岁呢，都是遵古礼。

父亲没上过大学，高中都没上完，却能二十二岁做大学副教授，他的古典知识都是幼年私塾学来的，孩子自小深入中华文化，熟悉历史人物、典故，从人生起点就大大提高了文明质量。与其把五千年文明史挂嘴上，不如扎扎实实教孩子大量读古文，才是继承中华文明最切实的办法。这本书里，父亲年轻时的教授朋友，都是同样的知识背景，他们相识于四川白沙的国立女子师范学院，在《天荒地老忆青峰——忆柴德赓》一文中，父亲说：柴德赓先生对政治黑暗的愤怒和痛斥，完全没有旧知识分子的"恨恨而死"和小市民的"忿忿不平"，而是"豪放如陆放翁……豪谈高唱不知慵"。

他最喜柴先生这首诗：

> 惊心草木无情长，回首弦歌未易哀，
>
> 流水高山君且住，天荒地老我还来。

这种豪放令父亲赞叹，人有天荒地老之情，自不会忿忿不平或恨恨而死。父亲显然认为那两点是格局偏小、境界偏低的表现。

从这个角度说，聂绀弩先生的诗也是写尽了人生苦难，而没半点忿忿不平或恨恨而死，才赢得那么多人喜爱。父亲几次提起这首诗：

> 家有娇妻匹夫死，世无好友百身戕，
>
> 男儿脸刺黄金印，一笑心轻白虎堂。
>
> 高太尉头耿魂梦，酒葫芦颈系花枪，
>
> 天寒岁暮归何处，涌血成诗喷土墙。

（《林冲题壁图寄巴人》）

从父亲的所喜所不喜中，我看到他的审美标准，不喜"恨恨而死"，而赞赏永不被痛苦打倒的人，这两位都豪放潇洒，才华横溢，大有魏晋风度，尤其聂先生，北大荒劳改中竟做这样的诗：

> 豆上无坑不有芽，手忙刀乱眼昏花，
>
> 两三点血红谁见，六十岁人白自夸。
>
> 欲把相思栽北国，难凭赤手建中华，
>
> 狂言在口终休说，以此微红献国家。

（《削土豆种伤手》）

诗令人心酸悲痛却幽默滑稽，天然有趣味，父亲提起此诗就笑，在那样逆境，何种大心胸才能写出这样的诗！

父亲在国立女子师范学院时，生活艰苦，但与台静农、罗志甫、柴德赓、吴白匋四教授一起对炉品茗吟诗，长谈到"曾看空山碧月沉"，这种相交令人无限神往，那时他们生活清贫但精神快乐，精神境界与聂、柴无二。

在怀念台静农先生的文章中，父亲提到台先生喜欢明遗民的诗，这首诗父亲给我念过：

> 隐隐江城玉漏催，劝君更尽掌中杯，
>
> 高楼明月清歌夜，知是人间第几回。

我当时十几岁，很喜欢，忙抄在小本子上，暗自琢磨了好几个晚上，为"高楼明月清歌夜，知是人间第几回"而黯然神伤了好久。原来，是台先生告诉父亲的，父亲给我念时，一定又回想和台先生在一起那难忘而永恒的两年吧。

我曾想，若当年没人阻拦，父亲就去台大教书了，可和台先生诗酒唱和终身，不会荒废几十年不能做学问，更不会被卷进那个天大的不明不白的案子里，陷入无妄之灾，那该多好啊！

看父亲这些文章，我就想起杜甫的诗："凉风起天末，君子意如何。鸿雁几时到，江湖秋水多。"那深厚的情感之美从杜甫的诗中经历一千多年，一直荡漾到爸爸的文章中。

父亲的朋友在历次运动中受尽磨难，有的幸存；有的含冤悲壮自沉，如管劲丞；有的如及时救治不会早逝，如柴德赓……他们就像西南联大化学系教授曾昭抡评述早逝的陶云逵教授："此等学者死去只需几秒钟，再培养一位需要几十年。"

2019年11月13日

目　录

忆黄淬伯先生

　　在我的生命史上有一个重大关节，就是由于许多偶然因素的交织，我以一个高中未毕业的学生身份，进入大学教师的行列。这是从吾师南通黄淬伯先生录用我为他的助教开始的。那时大学里面，研究生很少，一般历届本科生毕业时，各系推荐本系最优秀的毕业生留下来做助教，教授和助教的关系，通常就是半同事半师生的关系，有的本来就是由老师提名推荐为自己本人的助教，更是师生关系的延续。我虽然没有在课堂上听过黄淬伯先生的课，却在先后六年间追随他在三个学校共事，六年之间听他议论指点，得益实在不少；由于他的扶持，我由助教而副教授，发展也很不慢。无论从哪方面说，我都应该在黄淬伯先生弟子之列。现在《黄淬伯文集》要在中华书局出版，其中日记部分要我写点文字作为介绍，我读了之后，确实也有一些感慨不能已于言。很感谢黄东迈世兄与整理者的不弃，使我有这个机会。

　　事情得从头说起：那是抗战期间，一九四二学年度的上学期，我在四川省武胜县沙鱼桥乡的私立建华中学教书。寒假将届，估计下学期学校当局不会继续聘我，我也不想再留下去，于是写信遍托亲戚朋友找饭碗，也给我的叔父方孝博先生去了一封信。及至寒假已经开始，没有得到一封回信，意味着下学期的饭碗还没有着落，马上安身之地都成问题，只好投奔叔父去。

叔父当时是中央大学中文系讲师，婶母张汝宜女士是南开中学国文教师。他们住的是重庆市沙坪坝区南开中学的教师宿舍，与中央大学（抗战期间临时校址）很近。我一进他们宿舍门，叔父就问："我回你的信，收到没有？"我说没有。他说："来得正好，有个机会：有一位教授找助教，我推荐了你，他愿意见面谈谈。我回信就是说这个。"

叔父告诉我：这位教授名叫黄淬伯，音韵学家，清华大学国学研究所毕业，现在在中央政治学校和中央大学两边任教，中央政治学校那边教大学一年级普通国文，中央大学这边教《诗经》。两个学校的抗战期间临时校址都在重庆市范围内，但中央政治学校在南温泉，中央大学在沙坪坝，相距很远。黄淬伯先生只好来回奔走，一边住三天，很不便，想辞去中央政治学校那边，专任中央大学这边。那边挽留他，他坚辞，以普通国文课要改作文习作太麻烦为理由，学校便允许他找一个助教帮改卷子。他没有现成的助教人选，一次，在中央大学中文系教师休息室里闲谈中，泛托同事帮他物色，我的叔父在座，正有我的事在心，便把我介绍给他。

"中央政治学校"，一听这个名字，我就有些发愣，我知道它原来名叫"中国国民党中央党务学校"，很是讨厌。可是，黄淬伯教授的学历又使我略微放心，清华大学国学研究所的赫赫声名，我是知道的，那里毕业的应当都是正经的学者，不是等闲之辈，何况我当时找饭碗要紧，便同意见黄淬伯教授面谈。

正好这几天黄淬伯先生在沙坪坝，第二天，叔父就请黄先生到家便饭，与我相见。我将我的一篇关于《墨子》研究的论文稿奉请指教，他问了我几个有关中国近代学术史的问题，马上肯定录用，要我马上去中央政治学校报到。我只问了一个问题："中央政治学校的员工，是不是都要参加国民党？"黄淬伯先生明确答复道："不要，不要。我就不是国民党。"他这样爽朗明确的保证，使我放了心，也就埋伏了二十多年后我平生所挨的唯一一记耳光的因子，此是后话。

饭后客去，叔父说，看情形，黄先生相当满意。叔父勉励我好好干，"说不定将来还可以开课哩"。这句话自然给我深刻印象，但也不怎么放在心上，觉得那不知道是哪年哪月的事。

到中央政治学校（以下简称"政校"）后，逐渐了解该校与一般高校同样是面向社会招生，并不是只招国民党员。校长是蒋介石。当时蒋介石兼了不少学校如陆军大学、军官学校、警官学校等的校长，实际不管事，但又并非名誉校长，一切还是以"校长蒋中正"的名义出之，真正管事的叫作"教育长"。因此，一般高校的校长对教师发"聘书"，是主宾关系，政校等校则是"校长蒋中正"对教师发"委任书"，是上下级关系。政校只设政治、经济、外交、新闻四系（有没有法律系记不准），没有其他文史理工各系科。没有专门的国文系，只有各系一年级一律必修的国文。这是全国所有高校一年级都有的课程，简称曰"大一国文"。

政校教"大一国文"的教师不少，我到校时有四位教授、四位副教授、一位讲师，学校指定黄淬伯先生为首席教授，约略相当于系主任。我国解放前乃至"文革"前高校的研究生极少，历来对本科毕业生的培养深造，就是选优留任为本系助教。政校各系都有助教，也都是本系毕业生。"大一国文"这一摊子既然不是一个系，自然没有也不会有助教，只是为了挽留黄淬伯先生，给他找个帮改习作的人，又没有现成的本系毕业生可用，才破例录用了我这样一个非本校出身的助教。助教而非本校毕业生，助教而不属于任何系，大概我也是空前绝后的。国文助教这个职位，我一任后也不会再有了吧。

说是帮黄先生改习作，我记忆中实际上改得并不多，本来那就是黄先生辞职的借口。我真正承担起来的主要任务是编辑本校"大一国文"教材。学生进了高等学校，第一学年内还要学普通国文，做国文习作，这个情况好像抗战前没有，是抗战期间鉴于高校学生语文程度低落才有这一课程的设立。本来教育部已经编辑出版了全国通用的《大一国文》教本，政校国文教授们却嫌它不够切合政校特点，要另自编辑一本政校专用的。由黄淬伯先生主持编成，在正中书局出版。选目是会议上教授们讨论，你一篇我一篇提名，综合平衡决定的，也无非那些历代名文，不过偏重在经国济民、典章制度等方面。在会议上把选目记录下来，会后一篇一篇找出来，交付抄写，加以校订标点，编成发稿，就是我这个助教的事。完成这件任务，对我的关系极大，约有如下几方面。

所选文章来自上下数千年，经史子集，各门各类，必得尽快一一找出，这就锻炼了我使用各种工具书各种索引法，同时顺便泛览，扩大了文史知识面。政校图书馆的藏书不算丰富，但一般常用的还齐备，记得没有必须向外面才找到的。

特地成立了一个"国文教材编纂室"，就在图书馆的书库里面，实际上就是我一人的办公室。我在这里工作，可以任意在书库里看书查书，任意将任何书拿到我手里使用，无须手续，不限时间。我可以用"国文教材编纂室"的名义无限量地领取本校印制的稿纸，虽然粗劣，在当时条件下就很不容易了。

尤其重要的是，我一面编"大一国文"，一面自己研究《墨经》。书库里所有有关《墨子》和《墨经》的注释、研究之书，好像也还齐全，我就通通拿来长期使用。终于写成了一部《墨经字义疏证》，为后来到其他学校开"《墨子》研究"课的张本。

至于我叔父鼓励我的将来"可以开课"，本来我以为十分邈远，不料第一个暑假就成为事实。教务处通知我：假期间要成立一个国文补习班，把全校各系大一国文不及格的学生集中起来补习，暑假期满考试及格后即作为补考及格（实际上当然一体及格），要我担任这个补习班的教师。我心里不免打鼓：人家已经是大学生，尽管不及格，毕竟是大学生，自己只是个高中未毕业生，挑得起这副担子吗？这显然出于淬伯先生的推荐，我向他请教，他勉励我好好干。我不敢怠慢，用心编出了一本《文章学略说》，油印出来，装订成册，至今还在。

不久，一个新学期开始，来了一位新任教务副主任，要大刀阔斧改革，把各系主任一律撤换，取得了实际上的董事长陈果夫的批准，淬伯先生自然也在撤换之列。可是被撤换的各系主任不知道用什么方法到陈果夫那里反诉，又一律复职，只有淬伯先生没有去反诉，他便离开政校到国立女子师范学院去了。政校这里继任大一国文首席教授师的徐澄宇（徐英）先生一向和我有矛盾，难以共事。教务主任张忠道知道这个情况，他本来有权调动助教的工作，便把我调到他的办公室，替他代回应酬信，代作贺联贺诗，非常无聊。忽然一天，淬伯先生给我寄来女子师范学院国文系的聘书，聘我为该院副教授。便到女师就新职，我这个助教就跳过讲师阶段进入副教授的行列。可是后来，女师学院魏建功教授与淬伯先生发生矛盾，日益激化，他便在学院向教育部呈报聘请教师名单之际，向教育部揭发淬伯先生"任用私人"，附有政校的教职员花名册，上面写明"助教方管"，可谓铁证如山。教育部根据魏建功教授这个揭发，便把我的聘书驳下来，使淬伯先生和我都处于非常尴尬的地位。淬伯先生离开女师学院。我回到家乡。我们还保持经常通信联系。淬伯先生曾有到上海复旦大学之说，又有到安徽大学之说，都来信和我商量过，后来定在徐州的江苏学院中文系教授兼系主任，给我发来了院长戴克光教授署名的聘我为中文系副教授的聘书。淬伯先生在来函中告诉我：明年就要改为江苏大学，现在就可以着手筹备，并且通知我在本学期就开设一门"读书指导"。这门课我没有开过，但是很有兴趣，赶快在家里编一份讲义，本来我以为桐城之学偏重义理辞章，"读书指导"则接近考据，家中先人藏书里面不知道有这方面的书没有。不想一下子就找到叶德辉的《书林清话》，便以它作为主要根据，加上张之洞《书目答问》、纪昀《四库提要》、顾实《汉书艺文志讲疏》等，联络贯串，匆匆完成一本，到校后给大一中文系讲过一次。学生反映很得益。我自己将讲授中的体会写了《工具书与入门书》，强调现在读书要善于运用工具书与入门书，比起老辈以能背诵《十三经注疏》为能事来真是天差地远，我把此稿署上方管名字投寄《国文月刊》，得到刊登。久矣夫我没有以本名向不认识的报刊投过稿了，此虽一篇短文，而且登在最末，我自己却颇为珍重。

我在中央政治学校首尾约三年（1942—1944），一直担心会不会被强迫加入国民党，幸而没有，倒是看见了一个小闹剧。一天，接到"中央政治学校特别党部"署名的一份油印公函："奉校长谕：本校员工需一律加入本党。特此通知。"校长者，蒋介石也。我想，糟了，终于来了。再细想，通知而油印，已经很随便，况且根本没有任何明确的时间、手续、到何处办理之类的要求和规定，秃头秃脑，莫名其妙，且等着吧。几天后，在教师休息室里，国文教授徐英在休息，特别党部的书记长也在，他问道："徐先生看到通知么？"徐英反问："什么通知？""就是要加入本党的通知。""本党，是哪个党？""当然是国民党。""国民党！共产党我都不入，还加入你们国民党？""哈哈，徐先生讲笑话，笑话！"我在一旁亲见亲闻，不禁暗笑。徐英是出名的狂傲名士，好骂人，碰上他谁都得退让三分。"本校员工需一律加入本党"的事就这样过去了。这对于我，更加深了黄淬伯先生不会是国民党的印象。

一九四九年以后，黄淬伯先生在南京大学，我在人民文学出版社，我向他约过稿，通过信，但南北远隔，只在北京一个学术会议上见面一次。这就到了一九六六年"文化大革命"，我囚禁在牛棚中，一天，南京大学来了两个青年人向我调查黄淬伯，似乎是高年级学生甚至是助教。他们向我宣布："黄淬伯是蒋介石留在大陆上的四大特务之一。我们刚去过抚顺战犯管理所调查黄淬伯的事。——抚顺战犯管理所！你还没有资格进那里哩！你和黄淬伯的黑关系，你必须老实交代！"其间，他们问起：黄淬伯什么时候参加国民党的？我根据我的分明的记忆，立刻答道："他根本不是国民党。"啪的一声，我挨了平生第一个耳光。我自幼没有挨过师长的体罚，没有同人打过架，虽然一九五七年在人民文学出版社被打成右派，一九六六年"文革"中被关进牛棚，但托北京文化机关风气比较文明（或者应该说斗争性不够强）的福，没有通过触及过皮肉触及灵魂，所以这一耳光是生平第一次。今年我八十三岁，还没有挨过第二次，但愿那次是空前绝后的唯一一次吧。打的时候，有一个人不在屋里，打过后，那人进来，把动手的那个叫出去说了什么，他们又进来后，居然向我解释似的说道："黄淬伯是某某年参加国民党的，我们费了大力气才调查清楚，你一句话就给否定了，难怪我们有些激动。"他们说的某某年，是在一九四二年黄淬伯向我宣称他不是国民党之后的很久，即使他真是那年加入了国民党，也不会特地告诉我。我说明这一点，他们仍然要我根据他们说的写材料。我便当场执笔写下："据外调同志说，黄淬伯于某某年参加国民党"云云。倒也奇怪，他们就收下了这样的材料。他们何以打了我之后又做了有点歉意的解释，更加奇怪，究竟不知道怎么回事。

忆台静农先生

一

　　我和台静农先生抗战末期相识在国立女子师范学院。这个学院的院址在四川省江津县白沙镇，在长江之边。现在听说成渝铁路有白沙一站，当年我们在那里时却没有铁路公路可通，只有长江水路。由重庆去白沙是上水，约九十公里的航程，小火轮晨发暮至，两头不见太阳，由白沙下水到重庆要快一些。途中有险滩，覆舟惨祸时有所闻，我在那里时就有一次有女师学院学生遇难，我们开过追悼会。女师学院创办于二十世纪四十年代之初，至新中国成立后二十世纪五十年代初院系调整时，并入西南师范学院，存在的时间很短。院址白沙又是那样偏僻，抗战胜利后学院虽迁往重庆附近的九龙坡，其时的重庆又不是战时首都了。学院规模很小，一共只有六百多个女学生，当时除了延安的中国女子大学以外，纯收女生的高等院校似乎只有这一个，被人嘲为"女儿国""大观园"。因为这些缘故，很多人不知道有过这么一个学院，知道一点的又往往把它的名字错成"白沙女子师范学院",其实院名中并无"白沙"二字,不多不少就是"国立女子师范学院"这八个字。现在回想,着实有些奇怪,也许是因为抗战,各省的人都往西南集中的缘故,那么一个历史短、规模小、地方偏、设备差的学院,竟有一个很可观的教师阵容。院长谢循初教授,教育系主任罗季林教授,教育系还有鲁世英教授,英语系主任李霁野教授,历史系主任张维华教授,音乐系主任张洪岛教授,数学系主任萧文灿教授……都是各该学科里面数得着的。(以上是就我在那里时的情况而言,先前历史系主任是梁园东教授,音乐系主任是杨大钧教授,音乐系还有郑沙梅,国文系还有佘雪曼,不知是教授还是副教授,这几位我都没有遇上)中国语文方面有三个系科,即国文系、国文专修科、国语专修科,三者若分若合。国文系主任,先是胡小石教授,后来是黄淬伯教授,后来就是台静农教授。静农先生本是国文专修科主任,他后来兼了国文系主任,系与科的关系更加密切了。国语专修科主任是魏建功教授,他后来又兼教务主任。国文系副教授中,有吴白匋、詹锳、张盛祥、姚奠中、宛敏灏诸先生,历史系而跨国文系的副教授有柴德赓先生,新中国成立后都是名教授(这只是就我较熟识的而言,其他系科中的同事还有不少知名的,都没有说到)。当时各系科的讲师助教当中,也是人才济济。例如,歌唱家张权女士,当时是音乐系的助教,我有幸在女师学院学生大饭厅——一座大芦席棚里,听过她的独唱会,也许是她第一次举行独唱会吧。总之这是一个物质上很简陋而又有些学术空气的环境,静农先生就是在这里生活和工作,是学校的"台柱"之一。

我是一九四四年秋末，下学期已开始之后，到女师学院的。当时国文系主任是黄淬伯教授，他在中央政治学校当教授时，我是他的助教。他到女师学院后，推荐我也到女师学院来，给我的聘书上居然也写的是副教授，那年我才二十二岁，实在有些惶恐。我自己明白，只有高中二年级的学历，一年小学教师、一年半中学教师和两年半大学助教的经历，突然跳过讲师阶段而被聘为副教授，要对着和我年龄差不多甚至还大些的学生讲课，不免心虚。我暗中期望同事之中，有我所钦佩，愿以为师的人。黄淬伯先生本来是我所尊敬的，我给他当助教时受他的教益不少，但是他是音韵学家，我对此一无所知，也没有打算学。我那时暗自划分了"职业"与"事业"的界限，认为教国文，弄旧的东西，只是挣饭吃的"职业"，而"事业"另有所在，是在新文学新文化方面。可是当时除了解放区而外，大学中文系（在师范学院叫国文系）的风气，只有西南联大等极少数的，可以讲新文学，大多数的还是旧风气占势力，不容你讲新文学，讲鲁迅，同事中可与谈这些的极难遇到。我对女师学院，本来也没有什么奢望。不想这里竟有台静农、李霁野、魏建功三位教授，都是鲁迅的关系密切的学生，特别是到校的当天，黄淬伯先生向我介绍系里的情况，说到系里的教授有台静农先生，我真是喜出望外了。

我初中时就爱读鲁迅的书，由鲁迅的《〈中国新文学大系〉小说二集序》，知道未名社主要成员有台静农，著有小说集《建塔者》《地之子》，鲁迅在这篇著名的序言中历评入选诸家，以台静农为结束，道：

要在他的作品里吸取"伟大的欢欣",诚然是不容易的,但他却贡献了文艺;而且在争写着恋爱的悲欢,都会的明暗的那时候,能将乡间的死生,泥土的气息,移在纸上的,也没有更多,更勤于这作者的了。

这些有力的话给我很深的印象,加以"台"这个姓的特别,所以我心目中早就铭刻了这个名字。其实,一九三九年我刚到四川后不久,就曾听说过"台静农在白沙"的消息,后来有些淡忘了,现在听黄淬伯先生一说,立刻回想起来,当然就是我早就仰慕的那个台静农无疑。同事中有这样一位前辈,我可以同他谈新文学,特别是谈鲁迅,在这些方面受他的教,真是意想不到的幸事。

二

初见静农先生的印象就特别好:深灰色的布长衫,方形黑宽边的眼镜,向后梳的头发,洪亮的皖北口音,朴质、平易、宽厚、温和,可敬而可亲,或者首先该说可亲,而可敬即寓于可亲之中,没有某些新文学家的"新"气,没有某些教授学者的"神气",我知道他曾三入牢狱,可是也看不出某些革命志士的"英气"。我们很快就熟悉起来。他比我大二十岁,对我没有一点前辈的架子。我心里把他当老师,但是我除了对上过课的老师而外,不习惯称人为老师,所以对他也只是称为"台先生"或"台公"。

不久，好像是由于我与柴德赓先生贴邻而居，作诗唱和起来，柴先生与台先生是北京辅仁大学的老同事，我们的唱和诗都给台先生看了，台先生也就把他到白沙后作的几首绝句写给我看：

夜　起

大圜如梦自沉沉，冥漠难摧夜起心。
起向荒原唱山鬼，骤惊一鸟出寒林。

移家黑石山山上梅花方盛

问天不语骚难赋，对酒空怜鬓有丝。
一片寒山成独往，堂堂歌哭寄南枝。

山　居

山深玄豹隐，风急冥鸿高。
坐对梅花雨，吞声诵楚骚。

秋　深

秋深惊落木，语默涕无端。
难得枯禅隐，吞醪语肺肝。

我读了大吃一惊，觉得诗中的郁怒深沉，固是鲁迅诗的传统，但是境界那么冷寂森寒，似有鬼有仙又有禅，却是我从未见过的，也和作者的平易宽和的风貌不大一样。他告诉我，他抗战初期逃难入川，就来到白沙，当时还没有女师学院，国立编译馆在白沙，他和李何林先生等都在编译馆。后来编译馆迁走了，女师学院办起来了，他就留在白沙，到女师学院来了。这几首诗，还是在编译馆时作的。他告诉我，有一天从白沙镇的街上，买了一口袋米，提着回到几里路外的山居，日暮独行山路上，得了"一片寒山成独往"之句。这给我印象很深。因为日暮山路上这样提着米口袋或菜篮子踽踽独行，是当时那里穷教师生活的一个很典型的片段，我初到不久便体验过了。并且我觉得他这句诗寓情于景，象征着一种人生道路。于是，我作了一首诗送给他："问姓已心惊，称名忆未名。渊源从越国，肝胆变秦声。建塔功长在，衔泥志待成。寒山讵独往？迢递只神京。"诗当然不成，意思却是真诚的，也就大胆地写给他了。

此后我们就常在一起作诗，静农先生、柴德赓先生、吴白匋先生、历史系教授罗志甫先生，和我，这几个人常相唱和，作的诗互相传观商榷。每每静农先生到我的宿舍来了，坐下来笑笑地从长衫口袋里掏出一张纸条递过来，这就是他又有新作了。先前他似乎只作绝句，这个时期却多作律诗，他说是受了我们的影响。这些诗，他晚年写赠林文月教授的诗卷里都有，手迹现已发表在香港翰墨轩出版的《名家翰墨》第十一期"台静农、启功专号"上，其中有几首我知道一点写作背景的，以及我记得静农先生有自评之语的，趁便在这里说一说。

乙酉冬观迎神

冉冉云旗动，灵车下大荒。

千官争警跸，列宿拜堂皇。

帝篆风雷护，民冤虎豹狂。

天威凛咫尺，伐鼓奠椒浆。

这其实是一首政治诗，讽刺抗战胜利后，马歇尔以美国总统特使的资格来华，国民党要人奔走逢迎的丑态。当时我们都有和韵。柴德赓先生和韵一首，现在可从《柴德赓教授纪念册》中看到，题为"卅五年一月一日和静农迎神韵"，题下自注道："时马歇尔来华至沪，冠盖往迎。"已经把本事说清楚了。

无　题

望断芳洲杜若残，茫茫银烛感无端。

楝花风细尊初满，子夜歌沉泪已阑。

梦里凌波惊照影，月中消息误鸣鸾。

分明恩甚成轻绝，惆怅何因寄佩兰。

还有一次，我们谈起李商隐的无题诗，大家称赏之余，静农先生忽然提议："我们也来模仿作一首无题诗，好不好？"我说："从来都说'却说无题是有题'，我们凭空怎么作呢？"他说："没关系，就叫《拟无题》好了。"第二天他就作成这一首，写给我们看，我觉得风华绵渺，和他平日冷寂森寒的诗境很不相同，表示很欣赏。他说："也就只是第五句'梦里凌波惊照影'，还空灵。第七句'分明恩甚成轻绝'，翻'恩不甚兮轻绝'之意，也还有点意思。"

行　脚

戚戚无悰（蹀躞陵陆）任所之，长如行脚避尘烦。

颓坟狐穴黄花老，废殿鸟栖泥马尊。

此际江空愁帝子，当年草绿送王孙。

前村日落腾箫鼓，谁遣巫阳下九阍。

此诗我记忆中的，很有几个字与上面的不同，或者是我记得不全准确，或者是静农先生自己后来作了改订，总之当然以手迹为准。但第一句末三字我记得是"拥短辕"，我想还是我记得不错，因为"辕"字正在"十三元"韵内，现在写作"任所之"是出了韵了。有一天，静农先生和我在学校附近的山路上散步，大约是看到路旁荒冢的缘故，静农先生忽然举出他这首诗中"颓坟狐穴黄花老，废殿鸟栖泥马尊"一联来，问我觉得怎样，我说好，却没有说出好在哪里，他说："我自己也很喜欢，冷！"他这一个"冷"字给我很大的启示，我忽然一以贯之地理解了他在诗里面的自觉的审美追求，觉得看到了他的温润宽和的风貌之下的内心世界的矛盾。

以上说到的静农先生在白沙所作的诗，他写赠林文月教授的诗卷里都有。现在我要补充一首：

历　劫

历劫灰飞鬓已秋，擎杯无语照凝眸。
胸中芒角依稀见，梦里云山汗漫游。
师友十年埋碧血，风尘一剑敝霜裘。
沧江卧恐蛟龙笑，落日妖氛暗九州。

此诗手写诗卷中无之，大概是忘了。当时我和柴德赓先生议论，不知"师友十年埋碧血"中的"师"包括鲁迅不？鲁迅总算是"善终"，似不在"埋碧血"之内。柴先生说，他认为应该包括鲁迅在内，鲁迅虽然是病逝，但是实际上也是以生命殉民族，也是个烈士。我觉得这样解释也有道理，但是也没有向静农先生本人问过。

女师学院建在一座小山上，距白沙镇街五六里，山名白苍山，也不知这是原有的名字，还是女师学院的人们给取的。山下有小溪名曰驴溪，这大概是原有的名字，也不知何所取义。校舍依山而建，高高下下几十排土墙瓦顶的房子，还有一些更简陋，是编篱糊泥的，学生的大饭厅干脆是个大芦席棚，开会时则用作大礼堂，所以张权女士在那里举行独唱会。电灯当然没有，煤油灯也没有，点的是严监生那种桐油灯，夜行则用纸糊小灯笼提在手上照路。巴山多夜雨，雨后山路泥泞，每人都有一双当地出产的桐油钉鞋，走起来非常把稳。静农先生的宿舍在山腰，我和柴德赓先生的宿舍在山麓，我们常常互访夜谈，谈到夜静更深，提着灯笼踩着钉鞋回去。后来，柴德赓先生有怀念诗曰："从今寥落驴溪月，无复论诗夜打门。"所谓论诗夜打门，便是写的那时的实情。

在诗学方面，我从静农先生受到最大的教益是，第一次知道晚明诗特别是明遗民诗的价值，知道有卓尔堪选编的《明四百家遗民诗》这么一部书。静农先生大概对晚明文学艺术有深好，那时已开始写倪元璐一路的字，后来去台湾后成为一代书法宗师；他常对我说起明遗民诗，这是我从不知道的。后来我看到了《明四百家遗民诗》，才知道他的诗境的冷，是从明遗民诗来的。《遗民诗》有宋荦序云："予读其诗，类皆孤清凛冽，幽忧激楚，如对空山积雪，寒气中人。"也正是强调一个"冷"字。静农先生有一个小本子，用工整的书法抄录了他自己喜欢的古人之诗，都是绝句，他给我看过，特别指出明人张灵的一首要我欣赏："隐隐江城玉漏催，劝君且尽掌中杯。高楼明月清歌夜，知是人生第几回。"张灵不是明遗民，但也是晚明人物。静农先生特别欣赏这首诗，这首诗却并不冷，大约符合他论诗的另一标准：空灵。我对于明代诗文，本来只知道三杨、前后七子、归有光、公安、竟陵，却不知道晚明以至明遗民诗有它独立的价值，这不仅在文学史知识上，而且在文学史观念上，都是不小的缺陷，幸得静农先生的教益才补足了。

我们的谈话也不仅是论诗，谈的范围很广。静农先生不能算是长于口才，不善高谈阔论，但是他的清言娓娓，时时开些玩笑，我觉得颇有《世说新语》的味道。那时各家做饭都用木柴，买来的木柴都要自己再劈成小片，各家都有劈柴刀，我们家的一把，刀背厚重，刀锋犀利，劈起来省力好用，静农先生和柴德赓先生都常来借用。有一晚，静农先生到我的宿舍谈到夜深，借了劈柴刀去，临行时，我看了他一手提灯笼一手提刀，想着他这个样子走在深夜山上，觉得很有趣。他也把手里的刀扬一扬，笑道："路上还可以做一票生意哩！"他对我说过："你的衣着太不讲究了。我像你这样年轻时可是讲究的，大红领结。"有一次，他和我到附近一个庙里玩，似乎有月下老人之类的神像，我那时尚未结婚，他就和我开玩笑，要我求一个婚姻签，他还说："你求了，我也求一个。"我说："你怎么也求呢？"他说："不问今生问来世。"

三

　　静农先生开的课都是中国古典文学方面的，他青年时期写小说，后来不写了，到高等学校教书以后都教的是中国古典文学。但是他对于引导学生学习新文学仍极关心，不止一次同我谈起：学生来问学新文学该看哪些书，苦于一时回答不清，读旧书有张之洞的《书目答问》指示门径，新文学方面也有一部新的《书目答问》就好了。我知道他在抗战初期，又曾动笔写小说，发表过一个短篇《电报》，我劝他再写些新文学方面的东西。结果，他写了一篇杂文《党锢史话》，发表在《希望》杂志1卷4期上，署名"释耒"，是他以前常用的笔名之一。

静农先生对我讲过一些新文学界的故事。他说，丁玲、胡也频、冯雪峰、姚蓬子年轻时在北京，他和他们都很熟识。他说："丁玲当时很沉静，不大说话，大眼睛，常穿一件豹子皮的大衣，大家还不大知道她的文学才能，没想到她到了南方，成了大名。"他说，冯雪峰为人极好，是一个"可以做朋友的人"。

静农先生谈到鲁迅时，特别有感情。他说，鲁迅一九二七年九月二十五日写给他的那封信，要他转告刘半农，谢绝诺贝尔奖提名之事，缘起是这样的："瑞典学者斯文赫定当时在中国做考古研究，很佩服鲁迅，想给鲁迅提名诺贝尔奖。斯文赫定与刘半农熟识，请刘半农找鲁迅征求意见。那天，建功订婚，在中山公园来今雨轩请客，刘半农把我拉到一旁告诉这件事，要我写信给鲁迅。不料鲁迅立刻回信拒绝了。当时我们几个年轻朋友还有点失望，觉得鲁迅如果拿到奖金，拿回来办文学文化事业也好。"他说，鲁迅对未名社的几个人中，对韦漱园期望最大，偏偏韦漱园早逝，鲁迅很痛心，未名社少了这个主干，不久也就办不下去了。他详细告诉我鲁迅与周作人失和决裂的起因，他说：周作人在北京西山养病时，鲁迅忙于从各方面筹措医药费，有一次正是急需钱用的时候，鲁迅替周作人卖一部书稿，稿费收到了，鲁迅很高兴，想着羽太信子也正着急，连夜到后院去通知羽太信子，不料后来羽太信子对周作人说鲁迅连夜进来，意图非礼，周作人居然信了。他说，周作人文章那么明智，实际世事上就是昏得很。他说：抗战初，北京危急的时候，有人劝周作人赶快逃出北京到上海去，周作人说："我去上海做什么？那里是人家的地盘。"所谓"人家"，大概指左翼作家，也可能兼指鲁迅，尽管那时鲁迅已经逝世了。

静农先生和柴德赓先生是辅仁大学的老同事，他们常在一起谈辅仁大学旧人旧事，谈辅仁大学校长陈援庵（垣）先生的学行，这些都是我过去不知道的。过去我对北京的文化，对北大、师大、清华、燕京等校文史哲诸系的前辈学人的事，一向留意，多少知道一些，惟独对于辅仁这一方面全无所知，听了台、柴二位的谈论才知道还有这样重要的一个方面。静农先生一九八〇年在台湾发表《辅仁旧事》一文，系统地回忆了辅仁大学初创办时的情形，指出："这一新兴的大学，主要教授多未从其他大学物色，而是从大学范围以外罗致来的，因为援庵先生居北平久，结识的学人多，一旦有机会，也就将他们推荐出来。"以下一一回忆到余嘉锡、张星烺、邓之诚、伦明、柯昌泗、朱师辙、溥雪斋、陆和九、常福元诸位先生，总括道："我现在回忆这几位先生，同时也想到，若按照现在大学教员任用条例，不经审查，没有教学资历，或者学位等，绝不可能登上大学讲台的。可是六七十年前旧京的文化背景，自有它的特异处，那里有许多人，靠着微薄的薪俸以维持其生活，而将治学研究作为生命的寄托，理乱不闻，自得其乐，一旦被罗致到大学来，皆能有所贡献。"他回忆到的那些学者的名字，在白沙时我常听他和柴德赓先生谈起，现在看了他的这个概括分析，明白我当初缺少这方面的知识自有其客观原因，同时也更感谢旁听他们的谈论给我补足这方面的知识的机会。

静农先生自己治学，也有他所说的"理乱不闻，自得其乐"的气象。我认识他时，就在他的案头看到他的两篇论文稿：《两汉乐舞考》《南宋人体牺牲祭》，都是清稿，分别装订成册。我翻看之下，很佩服那种专精质实的精神，问他为什么不发表。他说："且放放再看。"原来他是放在手边，随时想到做些修改，发现新材料做些补充，慢慢地打磨。一九四五年，女师学院要出《学术集刊》，向他索稿，他才把《南宋人体牺牲祭》交出发表，《两汉乐舞考》他是带到台湾之后才发表的。这两篇现在都已收在《静农论文集》中，《两汉乐舞考》文末未注发表于何时何处，但有"一九五〇年六月中校讫"的附记之语，距我看见他案头已有清稿之时过了六年了。

静农先生在学生中的威信很高，国文系国文科的学生更是敬爱这位系（科）主任。听学生说，静农先生上课时并不以讲谈见长，多半在黑板上写笔记，但是笔记的学术性高，书法好，学生很爱抄；学生尤爱在课外到他宿舍里听他谈话，随时一两句的指点，可以得到很大的教益。我很相信学生的说法，如上所述，静农先生自评某句诗"冷"，某句诗"空灵"，他说鲁迅的《〈中国新文学大系〉小说二集序》写得"空灵"，这些只言片语，都曾给我很大的启发。学生还说"台老师人好"，我想学生感到的首先大概是他对学生的真诚的关心爱护。有一次，我偶然从报刊上看到一位女作家，大约是赛珍珠，别人问她，从事文学应该具备什么条件，她说首先要有强健的身体，因为文学事业是很艰苦的云云。我把这话告诉静农先生，他非常赞赏，郑重叮嘱我一定要把赛珍珠这句话告诉一些爱好文学的学生。他说："唉，越是爱文学的，往往越是不大注意身体，这怎么成呢？"

四

静农先生的生活方式，言谈风度，处处给人以恬静平淡、朴质温厚的印象。那时教师的生活很清苦，静农先生家庭人口较多，经济负担很重，但是他在亲自上街买米、亲自劈柴之余，仍然自得其乐，每天午饭总要喝点酒，爱吃炒得很硬的炒饭，常常一碗炒饭，两碟咸菜，就那么下酒。客人来了，他没有客套，也没有架子，一面继续喝着酒，一面谈天。他论人论事主宽，从不为苛刻之论，但是对于文人学子而依附反动政权，奔走权门，钻营仕路者，却是疾恶如仇。那时重庆政治上曾有一大丑事，就是一些"群众团体"向蒋介石献九鼎。鼎的式样由某学者设计，鼎上的铭文由另一学者撰写，铭文中用的都是旧时歌颂皇帝那一套辞藻，例如"允文允武，乃圣乃神"之类。静农先生谈起时，骂道："什么'允文允武，乃圣乃神'！×××！"居然骂出了一句很不雅驯的话，这话居然出自他那么宽和文雅的人之口，他真是气极了。

静农先生对于国民党反动政府，有着烈火似的，或者说坚冰似的憎恨。从前面所引"山深玄豹隐，风急冥鸿高""帝篆风雷护，民冤虎豹狂""师友十年埋碧血，风尘一剑敝霜裘"等句中，可以看到这种憎恨。他还有《孤愤》一律云：

孤愤如山霜鬓侵，青灯烛酒夜沉沉。

长门赋卖文章贱，吕相书悬天下暗。

万里烽烟萦客梦，一庐风雨证初心。

推尊将欲依山鬼，云乱猿愁落木森。

他自己解释第二联，"吕相书"是指蒋介石的《中国之命运》。吕不韦作《吕氏春秋》，悬之国门，说是有能易一字者赏之千金，其实谁敢去易其一字呢？当然天下哑然无声了。"文章贱"指当时一些学者，争着把著作送呈蒋介石，博得其称誉以为荣，犹如司马相如卖《长门赋》一样，这是天下最贱的文章。我很喜欢这一律，请他写了条幅给我，我裱起来一直挂在座旁，不幸于"文化大革命"中丧失了。他这些诗句，都极为沉重，并不符合"空灵"的标准。他对于这些事看得极重，自然也无法"空灵"。抗战胜利后，报上登载国民党政府教育部要奖励一批老教授，给予一种什么荣誉。我告诉静农先生说，根据报载奖励条例中的条件，也许他在奖励之列。我是有些开玩笑的，不料他真的大起恐慌，说："这怎么办呢？教一辈子书，得他们这么一个奖，叫我怎么见人呢？"新中国成立后，我认识了陈翔鹤先生，他是静农先生的老友，我向他谈起静农先生这件事，他说："静农这人，就是这样可爱。"

教育部那个奖后来似乎并未实行，教育部同女师学院师生的冲突却发生了。冲突起于"复员"问题。所谓"复员"，当时是指抗战期间由别处迁入大后方的机关团体学校，抗战胜利后迁回原处。凡列入"复员"计划的，交通工具由政府统一安排。个人回家乡的也称为"复员"，但那个时候个人挤购车船票难于上青天，上青天的飞机票更非普通人所敢想，所以凡说"复员"还是主要指机关团体学校而言。女师学院是抗战期间新办起来的，它的原址就是四川省江津县白沙镇，本来没有"复员"的问题。但当时全国的师范学院，院名上皆冠以省名或市名，只有两个秃头不冠地名的，一是"国立师范学院"，通常简称"国师院"或"国师"，初在湖南蓝田，后迁湖南南岳，钱锺书先生的小说《围城》中的"三闾大学"的原型即是国师院，另一个就是"国立女子师范学院"。当时如此命名，似有意以此二校为全国的师范学院中两个"中央级"的，将来随着中央政府走，据说教育部某大员曾对女师学院师生做过这类的许诺。

抗战胜利之后，女师学院师生，无论是四川人是外省人，一致切盼教育部兑现这个诺言，外省人切盼乘此早日离开困守八年的四川，四川人大部分也切盼乘此早日走出夔门去看看外面的世界。大家希望新的院址设在南京或其附近，学院方面和教师、学生方面都正式向教育部提过这个要求，有一度传说教育部已允所请，由于院长谢循初教授是当涂人，所以新院址就在采石矶云云。不料教育部正式决定下来，女师学院迁是迁的，却只是迁到重庆附近的九龙坡，那里是上海交通大学的战时校址，现在交通大学"复员"回上海去了，遗下的空房子就让女师学院搬进去。这个决定激怒了女师学院的师生，要求教育部收回成命，不得，于是学生会宣言罢课，教授会跟着宣言罢教，态度都很坚决。教育部也很坚决，自有其一套表面的理由，但从当时全国形势看，恐怕是有政治用意的：是因为全国大学生都对国民党政府不满，民主运动方兴未艾，所以认为有必要尽可能不让高等院校聚在较大较中心的城市，以分散大学生的力量。例如，素有"西南民主堡垒"之称的国立桂林师范学院，抗战胜利后即毫无理由地被强令迁到广西南宁，桂林当时是广西的省会，南宁不过是一个边陲小城，桂林师院师生都认为这是要把他们"装进闷罐"，也曾激起长久的强烈的风潮。女师学院的风潮，没有那么明显的政治性，但师生团结一致，教授中如静农先生那样有威信者，都旗帜鲜明地站在运动的前列。教育部使尽种种威胁利诱分化瓦解的手段，仍不能平息风潮，终于下令解散女师学院，撤了院长谢循初教授的职，另行指派了一个以伍叔傥为首的"院务整理委员会"来实行镇压。对教师，一律换发新聘书，被认为"祸首"的几位不发新聘书，也就是解聘，柴德赓先生是教授会的秘书，教授会在报纸上与教育部公开笔战之文，皆出其手，故在解聘之列。对学生，则限期向该会登记，表示愿迁往九龙坡，过期不登记者，一概取消学籍。学生之中，立刻分化为"登记派"和"反登记派"，日夜开会辩论。逐渐，赞成登记的日益多起来，坚持反登记的日益少下去。到了限期最后一天，终于大批大批的学生到登记处去了，先还是遮遮掩掩地去，后来公开地去了。柴德赓先生当天有一首诗，题曰"四月十五日（旧历三月十四）白苍山庄纪事"，即记此事，首联云："永夜溪声晓角悲，万花飞舞感春衰。"即指女师学院多数学生那天纷纷前去登记之事。这样一来，风潮完全失败了。静农先生非常愤激，对少数坚持拒不登记的学生非常赞赏，但是，又怕她们真的被取消学籍，他亲自去请了白沙地方上的有声望人士出来斡旋，后来总算斡旋成功，未登记的学生也被承认学籍，一起迁走完事。

静农先生拒绝了"院务整理委员会"的新聘书，拒绝去九龙坡。学生请他题字留念时，他总是写古人这样一首诗："观人观其败，观玉观其碎。玉碎必有声，人败必有气。"学院迁走以后，他一时走不了，只好滞留在白苍山空山上。我也没有接受新聘书，一时也走不了，空山上只剩下我们两家。好在宿舍全是空的，我们都搬了家，贴邻而居，互相有个照应。林辰先生在《怀念台静农先生》一文（此文作为陈子善编、人民日报出版社出版的《台静农散文选》的代序之一）中，引录了静农先生一九四六年五月给他的一封信中说："弟为抗议教部处理失当，已自动引退。现拟暂住白沙，再定行止，倘不东下，则去成都。至于目前生活，则变卖衣物（反正要卖去的）尚可支持些时，友人亦有接济也。"同年七月另一封信里又说："今日教育派系之争，在在皆是，女院此次风潮，弟只有看不下去而引退，回想昔年女师大之事，对之惟有惭愧，然主教政者之横暴，实亦胜于昔之大虫耳。"信中说的变卖衣物以维生计，我亲眼见到，有时快到吃午饭，碰着台师母还在慢慢向后山走（那里有一两家山间小店），问她去干什么，她轻言悄语地说："去卖一件衣服，买米回来做饭。"信中说的以女师学院被解散，与二十年前女师大被教育总长章士钊解散相比，也是我们常常谈起的话题。章士钊主办的《甲寅》杂志，封面上画了一个老虎，故被人双关地称为"老虎总长""大虫"。当年鲁迅等教授支持女师大学生运动，最终取得胜利，而现在女师学院的学生运动完全失败，所以静农先生说"对之惟有惭愧"。

有一个晚上，静农先生邀我散步，我们走到过去的图书馆一带。那原是每晚坐满了学生在夜读，门前收拾得很整洁的地方，学生出的几种大型壁报都张贴在那里，仿佛是文化活动的一个中心地带。不料学院迁走，才一二十天无人收拾，树枝便长得伸进了图书馆空屋的窗内，满阶乱草，抬头不见夜空，只从枝叶的缝隙里现出朦胧的月影。我们吃了一惊，默默地赶快走开，颇有点"大观园月夜警幽魂"的味道。当时有一个"大学先修班"也在白沙，那里一位教师叶广度先生，是静农先生的好友四川大学叶麟教授之弟，静农先生应他之请给他的诗集作了一篇序：

叶广度诗集序

夫兰以香自烧，膏以明自销，固达士所深惜，而人情所难为。然而呵壁问天，日斜叩舷，徜徉泽畔，歌哭无端，忧能伤人，意自难免。

吾友叶君广度，少有奇节，壮历忧患，丧乱以来，憩影沙头，问樊迟之稼，学东陵之瓜，似乐放逸，与世相忘。而骨鲠横胸，芒角在喉，发为歌咏，多见慷慨。是岂如渊明所云"人生实难"，有弗获已之惰乎！

丙戌之夏，余困居旧院，槐阴蔽道，鼯鼠当阶，昨犹弦歌，今若败刹，环诵斯集，感喟不胜，恨无藻翰如吾广度，以抒愤懑于万一耳。

文中所写"槐阴蔽道，鼫鼠当阶，昨犹弦歌，今若败刹"，便是那晚我们散步所见的情景。文中引陶潜《自祭文》"人生实难，死如之何"，这"人生实难"四字原出《左传》，静农先生这篇序里这么一用，给我印象很深。我喜欢这篇序，暗中读熟了，此文似未在任何地方发表过。后来，我读到静农先生在台湾出版的《龙坡杂文》，又发现有两处引用"人生实难"，更加深了印象，所以两个月前我写《谈〈龙坡杂文〉——悼台静农先生》一文（已载《读书》1991年第2期）时，便突出了这个"人生实难"。然后，看到《名家翰墨》的"台静农、启功专号"上林文月教授的《台先生写字》一文，才知道静农先生晚年常常说起这个"人生实难"，在他的至友庄慕陵先生病重时，在台师母逝世后，在张大千先生去世时，……末了他自己在病榻上，林文月教授向他慰问时，他还闭着眼，紧锁着双眉，以微弱得几乎听不见的声音，只道出"人生……"两个字，在枕上无奈地摇头。

记忆这东西，有时也奇怪。《名家翰墨》第十一期所载静农先生手写诗卷中，有这样一首：

学校迁走与重禹留白苍山，光午兄来视次重禹韵

叔世固应艰去住，波翻海谲怅浮沉。
多君意气远来问，老我空山一片心。

静农先生的《叶广度诗集序》，我记得那么熟；可这首次我的韵的

诗，连同我的原作，不知为什么却一点记不得，读了竭力回想，那时周光午先生是来过，可是我究竟写了怎样的四句，仍然回想不起。

我们困居在白苍山空山上两个多月之后，终于要分手了。静农先生是应台湾大学之聘，要到台北去。我是应江苏省立江苏学院之聘，要到徐州去。临行之前，我请静农先生将他的《孤愤》一律，写了一个条幅给我，这在前面已经说过了。他藏有鲁迅的《娜拉走后怎样》一文的手稿，以精美的装潢裱成长卷，这时他竟然要我在卷尾题跋。这样珍贵的文物，而我的字又是丑得出奇，我非常惶恐，尽力推辞。他说："我不是随便找人题的。"他说了这样的话，我不敢推辞了，只好题了两首七律："遗言寿世久弥新，况对遗文手迹真。一代苍生常入梦，千年故国赖回春。刚强不作中和圣，呵叱都参化育仁。展卷岂堪临永夜，极天光焰动星辰。""二十年前事可哀，坐看狐鼠竟重回。仰企先烈真多愧，俯接来昆更乏才。空有高丘无女叹，未消芳荃陨风灾。人间代代传薪火，火烬犹当剩劫灰。"第二首是联系女师学院风潮，也是引二十年前女师大风潮相比较。静农先生自己曾手写鲁迅全部旧体诗为一长卷，那时鲁迅旧诗尚未有汇集出版，这个长卷我曾看过，表示过非常喜爱，临行之际，静农先生特地拣出来赠别留念，并且加题一个长跋：

　　一九三七年七月四日，余自青岛到平，寓魏建功兄处之独后来堂。又三日，卢沟桥事变起，余遂困居危城，不得南归。时建功兄方辑鲁迅师遗诗，钞写成卷，余因过录两卷，此一卷抄成于八月七日，明日，敌军进城，有所谓敌军入城司令者，公然布告安民。又三日，余乘车去天津，由津海道南行，回忆尔时流离道途之情，曷胜感喟。今胜利将及一年，内战四起，流民欲归不得，其困苦之状，实倍于曩昔，此又何耶？今检斯卷赠重禹兄，追寻往事，随笔及之。禹兄与余同辞国立女师学院讲席，后复同寓旧院两月有余，后日东归，此别不知何年再得诗酒之乐，得不同此惘惘耶？

静农记于白苍山庄

一九四六年八月二日

末句隐含难得再见的意思，竟成谶语，那一别之后真的永无再见之日了。幸喜这个诗卷我因循着没有付装裱，就那么一个纸卷夹在书箱的缝隙中，很不起眼，得以逃过十年浩劫；浩劫过后，我请了曹辛之先生裱好，又请了聂绀弩、萧军、钟敬文、陈迩冬四位先生题跋，请了启功先生署签，现在还珍藏在我这里，相信它今后将永存天壤吧。

五

静农先生到台北，我到徐州以后，我们经常通信。我作了《白苍山四君咏》，怀念白沙时期最常在一起的台静农、罗志甫、吴白匋、柴德赓四位先生，第一首："午醉先生睡正酣，晚凉心事晚眠蚕。文章总向秋风哭，又到人间歇脚庵。"即是怀念静农先生的，写寄给他，不记得他回信说了什么了。

我在徐州的时间不长，便不得不仓皇离开，在面临失业的窘境中，是静农先生的援助，才使我找到了饭碗。原来，一九四七年暑假将届之时，我所在的江苏学院发生了风潮，"徐州绥靖主任"顾祝同派兵进驻学校，"绥靖公署"的机关报上登出消息说："江苏学院此次学潮，据闻有该院某系主任等四教授从中煽动，顾主任正密切注视中。"某系主任，指中文系主任黄淬伯教授。我也是所谓"四教授"之一。这自然等于驱逐，于是我们仓皇离开，各谋生路。我写信遍托亲友找下学期的饭碗，其中也有给静农先生的。结果别处都没有成功，只有静农先生回信说有一个机会：桂林师范学院国文系聘请李何林先生去当教授。李何林先生本来在台湾师范学院任教，不想再待下去，便应了桂林师院的聘。可是，台湾大学又请李何林先生去，李何林先生又愿意去台湾大学，正要辞桂林师院的聘，静农先生就请李何林先生推荐我去顶他的缺。李何林先生本不认识我，由于静农先生的介绍，便同意推荐了，桂林师院也同意聘我去。我得知这个消息，非常高兴。前面说过，桂林师范学院素有"西南民主堡垒"之称，抗战胜利后，被教育部强令迁往南宁，师生一致抗议，闹得轰轰烈烈，这些我都闻名已久，能有机会去，当然是高兴的。这样，一九四七年的下学期，我便到了南宁。

我到南宁以后，继续与静农先生保持通信联系。桂林师院国文系主任谭丕模教授，恰好也是静农先生的老友。他说他最佩服静农先生年轻在北京时，没有接受某一位著名的才女的热烈追求，不接受不稀奇，难得的是没有像通常情形那样爱不成便成了仇，"真不知道静农怎么处理得那样好的"！

一九四八年，静农先生写了一个小条幅寄给我，写的是陈大樽（子龙）的诗："端居日夜望风雷，郁郁长云掩不开。青草自生扬子宅，黄金初谢郭隗台。豹姿常隐何曾变，龙性能驯正可哀。闭户厌闻天下事，壮心犹得几徘徊。"我明白他这完全是借古人之诗，言自己之志。首联指的是当时大陆上的解放战争和台湾的政治空气。颔联说他冷寂自甘和坚贞自守的处境。他先前在白沙作的《山居》诗就以"山深玄豹隐"自况，这里"豹姿常隐"还是一贯的意思。这个小条幅我也是"文革"之后才裱起来，至今还挂在我的座旁。

新中国成立后，我们断了联系。但是，我又认识了两位静农先生的老友：一位是陈翔鹤先生，前面已经说过；还有一位是张友鸾先生，他说静农先生年轻时送他一张照片，手拿一枝花，照片上题道："拈花微笑"。这使我联想起静农先生自己说他年轻时打大红领结的事，又联系谭丕模先生说的某著名才女曾热烈追求静农先生的事，于是我心目中构起了一幅年少风流的静农先生的影像。我们原来都很关心静农先生在台湾的安危，后来几次辗转传来的消息都说他还平安，我们才比较放心。但是，我还是很谨慎，惟恐对静农先生有什么不利的影响，不敢轻于同他联系。一九八五年听说台湾出版了《静农书艺集》，我托人在香港买不着，不敢直接向静农先生函索，只好托加拿大叶嘉莹教授替我设法，她曾在台湾大学中文系教书，对静农先生也很敬仰。一九八六年，叶嘉莹教授带给我一本，她是托人从台湾买到的。

直到一九八八年，我才托人从美国转寄一封短信给静农先生。年底，收到他的回信：

> 重禹吾兄：接到手书，藉悉安善为慰。惟沅芷方及中年逝世，殊出意外。弟妇三年前去世，现同次子夫妇同住，有孙三人，尚不寂寞。兄之儿女已成立，当见孙辈也。弟两年前因两腿不能行动，几至中风，原系脑中瘀血压迫神经之故，幸及时破脑除瘀血得愈。今年又动白内障手术，现勉强可用。以是体力衰惫，不再教学。八七之年，真老矣。惟勉强尚可写字自娱，偶有润笔，得补生计。弟居台杂文，曾由同学编印（论学文另已编出付印），未能寄上，早迟或可见到。来信云有人好意收辑，幸婉劝止为感。草草即询著祺。

> 弟台静农顿首拜

沅芷，是我的妻子陈沅芷，在"文化大革命"中被迫害致死，她是女师学院国文系的学生，是静农先生的学生。我去信只简单说了一句："沅芷已于一九六六年去世"，原以为静农先生不会问什么，不料他如此细心，提出了怀疑。所谓"有人好意收辑"，是我告诉他，大陆有人要编印他的杂文，我是指陈子善先生，但没有提姓名。（现在，陈子善先生编的《台静农散文选》已由人民日报出版社出版了，可惜静农先生不及见了。）由于信中所说"今年又动白内障手术，现勉强可用"的缘故，此信不是亲笔写的，但随函却附来他写赠的一副小对联，写的是元遗山诗句："忽惊此日仍为客，却想当年似隔生。"上款题："戊辰秋仲书遗山句寄禹兄存念"，下款题："静农于台北时年八十七"。这又是借古人诗言志，两句话说尽了阔别四十余年，相隔海天万里，暮年思家不得的心情，"却想当年"里面包括了白苍山多少旧事，"似隔生"三字尤其说得惊心动魄！书法也是拗怒劲折，惊心动魄，一点没有老衰之气。我得到这样珍贵的赠予，真是高兴极了。

我也做了一件我以为会使静农先生高兴的事，就是一九八九年春节的下午，我从北京皂君庙我的寓所，打了一个长途电话，经香港中转，接通了静农先生台北龙坡里的寓所，我向他祝贺春节，我们在电话里谈了近十分钟。他起初很感意外，接着便很兴奋，声音还是那么洪亮，几分钟的时间谈不了多少事情，彼此听到声音就很满足了。我们约定今后不必多写信，只要互相知道平安就行。

不料一九九〇年春节后不久，便传来了静农先生患食道癌的不幸消息。六月二十二日上午，我又有机会在长途电话中同静农先生说了几句话。那是台湾大学廖蔚卿教授回大陆探亲，来看我时，她从我这里打电话向静农先生报告平安到达的行踪，我也乘便说了几句。廖蔚卿当年也是女师学院的学生，四十多年来一直追随静农先生，她告诉我，她离开台北时，静农先生的病情已经很恶化了。所以我在电话中简直不知说什么好，听静农先生的声音也很软弱无力，说不成完整的句子。那是我们最后一次联系。廖蔚卿回到台北，来电话说与静农先生分别一个多月，情况大异，接着她不断传来的都不是好情况。终于，一九九〇年十一月九日晚，噩耗传来：静农先生中午逝世了。这不算突然，八十九岁也是高寿，但是想到静农先生患食道癌将及一年，一直靠插管子注入营养，起初还很平静，还每星期往来于医院和家中两处，还追写旧作的诗，写平生师友的回忆，后来病情恶化，才放下这些工作，一些事又引起他的不愉快，每想到这些，我有一种说不出的痛苦之感。他临终想些什么？是不是又想起"人生实难"这四个字了呢？我想，他一生的学问文章艺事，都足以不朽，我所知极浅，也说不好，但是这念念不忘"人生实难"的精神，或者更应该作为精神遗产留下来吧。我希望我这芜杂的回忆，能够稍稍有助于对他这一方面的理解。

一九九一年一月十八日

　　台静农先生于一九九〇年十一月九日中午在台北逝世；他去台湾是抗日战争胜利之次年即一九四六年，应台湾大学之聘去教书，四十四年来他一直是在台北度过的。我墙上还挂着他初去台北不久写赠给我的小条幅，写的是陈大樽的诗：

　　　　端居日夜望风雷，郁郁长云掩不开。
　　　　青草自生扬子宅，黄金初谢郭隗台。
　　　　豹姿常隐何曾变，龙性能驯正可哀。
　　　　闭户厌闻天下事，壮心犹得几徘徊。

　　那是一九四八年，我在广西南宁师范学院教书时，他从台北写了寄给我的。那年他才四十六岁，正是壮年，借了这首诗，表达了他在抑郁的气氛和冷寂的生活中，狷介自守，而壮心未已，渴望风雷之情。一九四九年以后，两边隔绝了，我和他断了音信四十年。直到去年春节，北京和台北之间终于可以经由香港通电话，我打了一个电话到他台北寓所祝贺春节，又写了一封信去，不久接到他的回信，并且写了一副小对联见赠，写的是元遗山诗句，我一看觉得真是惊心动魄：

忽惊此日仍为客，
却想当年似隔生。

　　上款题"戊辰秋仲书遗山句寄禹兄存念"，下款题"静农于台北时年八十七"，大概是前一年已经写就，觉得寄给我还合适，便挑出来加题我的款，以此二句代替许多话相告，总括了四十年阔别的情形。八十七岁是按中国传统算法，按实足年龄计该是八十六。这副小对联我还没有付裱，今年春节后就得到静农先生患了食道癌的恶消息。病是不治之症，人又是望九十的高龄，还有什么可说的呢？我于是将他当年的小说集《建塔者》和《地之子》，以及他在台湾出版的《静农论文集》《龙坡杂文》《静农书艺集》《台静农行草小集》这几部书放在案头，经常翻读，想写文章向今天大陆中青年读者介绍一下，特别是介绍台湾出版的几种。可是我一直写不出。没有这个学力，是一方面的原因。静农先生早年的小说，鲁迅已有定评，将永垂中国新文学史，我还说得出什么？静农先生的书法，我是倾心的，但我一点也说不出其中的道理。《静农论文集》中的，都是学术上的扛鼎之作，例如《两汉乐舞考》《佛故实与中国小说》《南宋人体牺牲祭》诸篇，体大思精，为中国文史研究树立楷范，而《智永禅师的书学及其对于后世的影响》《郑羲碑与郑道昭诸刻石》等书法史的研究，尤为绝学，我都只有望洋兴叹，只恨当年向他请教太少了。更重要的原因，则是感情的激动，使我不能平心静气地读，特别是《龙坡杂文》一书，我不能冷静地当作普通一本书来读，总觉得是在听他娓娓倾谈，说尽了又说不尽四十年间的多少事。他在此书序言中，劈头就说：

> 台北市龙坡里九邻的台大宿舍，我于一九四六年就住进来了。当时我的书斋名为歇脚庵，既名为歇脚，当然没有久居之意，身为北方人，于海上气候，往往感到不适宜，有时烦躁，不能自已，曾有诗云："丹心白发萧条甚，板屋楹书未是家。"然忧乐歌哭于斯者四十余年，能说不是家吗？于是请大千居士为我写一"龙坡丈室"小匾挂起来，这是大学宿舍，不能说落户于此，反正不再歇脚就是了。落户与歇脚不过是时间的久暂之别，可是人的死生契阔皆寓于其间，能说不是大事？

我每读都觉得惊心动魄，正可以与他写赠给我的一诗一联参看。他是皖北人，又长期在北京、青岛读书教书，不习惯台湾的气候，当是事实；但是竟至于"烦躁不能自已"的程度，恐怕又不仅是气候的原因，而是更有忧乐歌哭之事，死生契阔之情存乎其间了。听说这本杂文集在台湾得了一种文学大奖，评价极高，我不知道那评语是怎么说的，我自己读时则觉得它处处充溢着忧乐歌哭之事，死生契阔之情，现在静农先生已经去世，我也只能向读者谈谈这本书，来寄寓我的哀悼了。

我首先注意到，《龙坡杂文》里有两次提到"人生实难"这句古语。在《我与书艺》一文中，静农先生说他中年以后专力书法，是因为"战后来台北，教学读书之余，每感郁结，意不能静，惟时弄毫墨以自排遣，但不愿人知"，可是他的书名越来越大，随着来的是应付各方索书，不胜役使之苦，尤其烦腻的是为人题书签，供人家作封面装饰，甚至作广告用。他又自己慰解道：

> 左传成公二年中有一句话"人生实难"，陶渊明临命之前的自祭文竟拿来当自己的话，陶公犹且如此，何况若区区者。（第62页）

在《记"文物维护会"与"园坛印社"——兼怀庄慕陵先生二三事》里，静农先生深情怀念他的平生至友庄慕陵先生，对这位至友的总论一段云：

> 我曾借用古人的两句话："人生实难，大道多歧"，想请慕陵写一副小对联，不幸他的病愈来愈重，也就算了。当今之世，人要活下去，也是不容易的，能有点文学艺术的修养，才能活得从容些。为慕陵之好事，正由于他有深厚的修养，加以天真淡泊，才有他那样的境界。（第118页）

我读了这两段，立刻想起一九四六年夏，国立女子师范学院被解散后迁走重建，静农先生被"院务整理委员会"解聘，我也拒绝了"院务整理委员会"发给我的新聘书，我们两家一时又出不了四川，困居在四川省江津县白沙镇白苍山——学院迁走后的空山上。当时有个大学先修班也在白沙镇附近，先修班教师叶广度先生以诗集请静农先生作序，静农先生所作的序的全文云：

> 夫兰以香自烧，膏以明自销，固达士所深惜，而人情所难为。然而呵壁问天，日斜叩阍，徜徉泽畔，歌哭无端，忧能伤人，意自难免。

> 吾友叶君广度，少有奇节，壮历忧患，丧乱以来，憩影沙头，问樊迟之稼，学东陵之瓜，似乐放逸，与世相忘，而骨鲠横胸，芒角在喉，发为歌咏，多见慷慨，是岂如渊明所云"人生实难"，有弗获已之情乎！

> 丙戌之夏，余困居旧院，槐阴蔽道，鼯鼠当阶，昨犹弦歌，今若败刹，环诵斯集，感喟不胜，恨无藻翰如吾广度，以抒愤懑于万一耳。

这篇文章我极喜欢，熟读成诵，前年陈子善先生要编台静农先生诗文集，我根据记忆写出提供，可能有误记之处，未能得到静农先生自己的审订，大致如是，至少引"人生实难"之处我是记得清楚的。《左传》成公二年之文和陶公自祭之文，我小时也读过，印象都不深，只是从静农先生这篇文章，才第一次注意到"人生实难"这句话。四十几年之后，又见他再三提及，过去的印象更加深了。把这三处合起来看：人活下去不容易，是"人生实难"，因此要有点文艺修养，要以书法自遣；可是文艺上有所成就之后，真正会心领略者未必很多，却招来纷繁的求索，不胜应酬役使之苦，仍然是"人生实难"；凛然于兰因香陨，膏以明煎，是"人生实难"；而仍难免于呵壁问天，日斜叩阍，仍是"人生实难"；少有奇节，壮历忧患，终于问稼种瓜，欲与世相忘，是"人生实难"；而又骨鲠横胸，芒角在喉，发为歌咏，多见慷慨，还是"人生实难"；曾经一腔愤懑，恨不能抒其万一，是"人生实难"；终于歆慕深厚的艺术修养，天真淡泊的境界，还是"人生实难"；其实，望风雷而长云低掩，想当年已如隔生，何尝不也是"人生实难"！总之，语亦难，默亦难，浓亦难，淡亦难，歇脚亦难，落户亦难，所以人生虽有大道，大道却不是永远笔直一条，不免分为无数的歧路了。我觉得这"人生实难，大道多歧"两句，实在可以看作是理解《龙坡杂文》一书的钥匙。

《龙坡杂文》中的论文谈艺之作不少，都不是学院和书斋式的，而是浸润着人生的意识，故常能打破限隔，于各种艺术中观其会通。例如，谈《韩熙载夜宴图》，而通于花间词的境界，发现二者都是五代时上层社会的生活写真。谈《宋人画南唐耿先生炼雪图》，而想到李璟的"青鸟不传云外信，丁香空结雨中愁"，虽然这两句不能确指为就是对耿先生而发的，但李璟的后宫嫔御中确有耿先生这样的女道士，我们联想一下还是可以的。谈张岱的《陶庵梦忆》，却又指出他的文章之美，"如看雪个和瞎尊者的画，总觉水墨淹郁中，有一种悲凉的意味，却又捉摸不着"（其实我觉得这正可以称作对《龙坡杂文》的恰切的自评）。至于谈到唐代自帝王以至士大夫们热心于道教的烧炼之术，其术既神秘而又色情，离不了女性，离不了男女绸缪之事，以体会民间疾苦著称的诗人白居易犹被此道吸引，王公贵人更可想而知。这种活的文化史的研究方法，使我们想起了鲁迅的《魏晋风度及文章与药及酒之关系》的方法。还有谈《世说新语》，揭出晋代胜流石崇、戴渊、祖逖三人都直接干过打家劫舍的强盗勾当，抢劫有案，也是别开生面的读书法。

从文化人谈到强盗，已经不纯是天真淡泊、与世相忘的境界。而尤其血淋淋的，是那位石崇每次请客，常令美人行酒，如果客饮酒不尽，便把那个美人杀掉，一次王敦赴宴，坚决不饮酒，石崇一下子接连杀掉三个美人，而王敦颜色如故。静农先生引这故事后接着说："想金谷园楼阁林木之间，必有杀人场死人坑种种设备，不然，尸体横陈，血肉模糊，亦大扫金谷园中诸名士的雅兴。"这几句话说得冷峻尖利，蕴蓄着怒火，大有鲁迅、知堂之风。而《韩熙载夜宴图》中的声色歌舞生活，虽是官僚社会中常有的，但韩熙载行来，却是避免李后主的猜忌，自污以保其身，别有深长的意义。积玉斋主人跋夜宴图四："韩熙载所为，千古无两，大是奇事，此殆不欲索解人软？"静农先生引了这个跋语后接着说："积玉斋主人是年大将军羹尧，他淡淡的一句话，却不失为'解人'，身为大君臣仆，奴主之间，他所体会的，自非寻常人所能及，虽然，看此公下场，只是空作'解人'而已。"大君臣仆明知伴君如伴虎之危，到头来还是被老虎吃掉，此种悲剧屡演不穷，静农先生说得既调侃，又苦涩，恐怕也是看得太多，忍不住不说，也是一种骨鲠横胸，不吐不快吧。

《龙坡杂文》中，我感到更亲切的，是记述人物交游，抚今追昔之文。静农先生平生所交接，多一代胜流，此集中文字，凡涉及平生师友如陈援庵、沈尹默、沈兼士、胡适之以及董彦堂、英千里、庄慕陵、张大千、溥心畬等先生者，无不有真情至性，文是佳文，又是珍贵的文化史料，读来特别有意思。例如《北平辅仁旧事》一篇，系统亲切地回忆了辅仁大学初建的情形，指出它的一个特点，就是这个大学虽较北京其他大学为新建，但主要教授多未从其他大学物色，而是从大学范围以外罗致来的，因为校长陈援庵先生居北京久，结识的学人多，一旦有机会，也就将他们推荐出来，这里面就包括了余嘉锡、张星烺、邓之诚、溥雪斋诸位先生，后来都是学界艺林的著名人物。静农先生历历回忆了这些先生之后，感叹道："若按现在大学教员任用条例，不经审查，没有教学资历，或者学位等等，［他们］绝不可能登上大学讲台的。可是六七十年前旧京的文化背景，自有它的特异处，那里有许多人，靠着微薄的薪俸以维持其生活，而将治学研究作为生命的寄托，理乱不闻，自得其乐，一旦被罗致到大学来，皆能有所贡献。"这几句感叹里，我们又听到了"人生实难"的声音。

静农先生年轻时就与学界前辈多所接触，耳濡目染，获益甚多。他回忆辅仁大学初建时，校长陈援庵先生在涛贝勒府宴教职员同人，"眼前都是中年以上的人，他们眼中最年轻的是［英］千里与我。我是援庵先生的学生，他约我为辅仁的讲师，出我的意外，当然是我的幸运"。他回忆一九二八年奉军将退出北京时，北京学界自发组织的文物维护会，"委员有沈兼士、陈援庵、马叔平、刘半农、徐森玉、周养庵诸先生，年轻人参与的有常维钧、庄慕陵及我"。这个会存在的时间不长，工作很紧张，但是，"会偶有闲散的时候，听老辈聊天，也很有趣。援庵师深刻风趣，兼士师爽朗激昂，叔平师从容不迫若有'齐气'，半农先生快人快马，口无遮拦，森玉先生气象冲和，喜说掌故，养庵先生白皙疏髯，擅书画，水竹村人时代，做过高官，是北京文化绅士"。这些回忆都充溢着对老师前辈的尊敬和亲切，也显示出作者当时是怎样虚心地从各方面领受老师前辈们的潜移默化的教益。写到这里，我想起静农先生曾经告诉我：他在北京大学国学研究所做研究生时，亲见一位同学拿他自己写的《中国新文学运动史》的稿子，请胡适之先生题签，陈援庵先生正在旁，笑着说："这是请宋江题《水浒》了。"这可以作为援庵先生深刻风趣的一个实例。静农先生还告诉我，鲁迅先生的《〈中国新文学大系〉小说二集序》发表后，他曾向鲁迅先生当面赞叹道："先生这篇序，写得真空灵。"鲁迅先生笑答："也只能这样了。"可惜《龙坡杂文》里一个字也不曾提过鲁迅，恐怕这也是一种"人生实难"吧。以静农先生与鲁迅先生关系之密切，这不能不说是个遗憾。我幸而还宝藏着静农先生手写的长卷，抄录了鲁迅全部旧体诗，一九四六年在白沙分别之际，静农先生特地拣出此卷相赠，还加上跋语，最后一句道："此别不知何年再得诗酒之乐，得不同此惘惘耶？"当时没想到那是最后一别，幸而这个珍贵的纪念品还存在。

但是，鲁迅生平好友许寿裳先生一九四八年在台北的惨死，静农先生是写到了的。在《记波外翁》一篇中，写到许寿裳先生惨遭暗杀之时，正是乔大壮先生（波外翁）纵酒绝食待死之日，"因季茀先生（许寿裳）的横祸，大学的朋友们都被莫名的恐怖笼罩着，然对待死心情的波外翁，又不能不装着极平静的样子。当季茀先生卧在血渍中的时候，我同建功还陪波外翁应许恪士先生之邀去草山看杜鹃花"，陪乔大壮先生去马宗融家又必得经过许家，也只好借故绕道而往。但是乔大壮先生还是从报上知道了，"于是陪他到季茀先生遗体前致吊，他一时流泪不止。再陪他到宿舍，直到夜半才让我们辞去，他站在大门前，用手电灯照着院中大石头说：'这后面也许就有人埋伏着'，说这话时，他的神情异样，我们都不禁为之悚然。尤其是我回家的路，必须经过一条仅能容身的巷子，巷中有一座小庙，静夜里走过，也有些异样的感觉"。许寿裳先生被暗杀，当时震动了海峡两岸知识界，是历史上的一件大事，事件发生地台湾大学当然尤为恐怖，静农先生就这样记下了那恐怖情景。

乔大壮先生接着不久还是自杀了，是回大陆看望儿女，在苏州梅村桥下自沉的，当时也是许案之后使知识界震动的另一案。静农先生详记其经过之后，总论之曰：

战后，儿女分散各地，剩下波外翁一人，恓恓惶惶，既无家园，连安身之地也没有，渡海来台，又为什么？真如堕弥天大雾中，使他窒息于无边的空虚。生命于他成了不胜负荷的包袱，而死的念头时时刻刻侵袭他，可是死又不是轻而易举的事，这更使他痛苦。在台时两度纵酒绝食，且私蓄药物，而终没有走上绝路。到了上海，又将挽季荗先生诗"门生搔白首，旦夕骨成灰"两句改得温和些（这是死后发表在上海报上，我才知道的）。如此种种，都可见他的生命与死神搏斗的情形，最后死神战胜了，于是了无牵挂的在风雨中走到梅村桥。

虽然静农先生自己的情况与此不同，他去台北时是带着一大家人，并非孤身一人，他现在也算是高年寿终（将近一年的食道癌的痛苦且不算），并未死于非命，但我总觉得他体会乔大壮先生的心情中，有许多与他自己相通的东西，或者说，正因为他自己浸透了"人生实难"的意识，才能这么深切地体会乔大壮先生怎样克服了"生非容易死非甘"（借用郁达夫句）的矛盾，无牵挂而去的心理。但静农先生自己并未走这条路，他是深味人生实难，大道多歧，而坚持走到了底。这种心态是苦的，而《龙坡杂文》正是字里行间总有这种苦味。《谈酒》一篇中，他深情地怀念了青岛的一种苦老酒，其色黑，其味焦苦，他说，山东尽管有别的名酒，"但我所喜欢的还是苦老酒，可也不因为它的苦味与黑色，而是喜欢它的乡土风味。即如它的色与味，就十足的代表它的乡土风，不像所有的出口货，随时在叫人'你看我这才是好货色'的神情"。这可以看作静农先生的审美论。他因苦老酒而回忆他昔年在青岛作客时的情形道：

　　不见汽车的街上，已经开设了不止一代的小酒楼，虽然一切设备简陋，却不是一点名气都没有，楼上灯火明蒙，水汽昏然，照着各人面前酒碗里浓黑的酒，虽然外面的东北风带了哨子，我们却是酒酣耳热的。现在怀想，不免有点怅惘，但当时若果喝的是花雕或白干一类的酒，则这一点怅惘也不会有的了。

当年鲁迅以善写"乡间的生死，泥土的气息"评静农先生的小说，半个多世纪之后，《龙坡杂文》仍然发散着这种泥土气息，不过经过艰难的人生的酝酿，它已经成了一碗浓黑焦苦的苦老酒了。尽管说龙性能驯正可哀，毕竟是豹姿常隐何曾变，倘若地下有知，静农先生与鲁迅先生重逢，完全可以将这碗苦老酒敬献于老师之前而无愧色。让我们也来品尝品尝这苦老酒，凭这点苦味，各自在"人生实难，大道多歧"之中走得好一点，以此来纪念这位可尊敬的前辈吧！

一九九〇年十一月十五日

附　记

本文写成后，收到上海陈子善先生所编《台静农散文选》，共收静农先生到台湾后发表的散文小品四十五篇，其中包括《龙坡杂文》的全部，还增补了散佚在台湾报刊上的几篇。

佳人空谷意 烈士暮年心

——读陈独秀致台静农书札

台湾"中央研究院中国文哲研究所筹备处"整理编辑的《近代文哲学人论著丛刊》，都是很有价值的文史资料，我得到其第六种《台静农先生珍藏书札（一）》，收陈独秀致台静农手札一百零二封，又陈氏手书诗文稿及书艺等一卷，原迹影印，至为精美，我有个人特别原因觉得珍重。

台静农先生有《酒旗风暖少年狂——忆陈独秀先生》一文（载《新文学史料》一九九一年第二期。以下简称《酒旗》）回忆道：

一九三七年"七七事变"发生，抗战开始，仲甫先生被释出狱，九月由南京到武汉，次年七月到重庆，转至江津定居，江津是一沿江县城，城外德感坝有一临时中学，皆是安徽流亡子弟，以是安徽人甚多。而先生的老友邓初（仲纯）医师已先在此开设一医院，他又是我在青岛山东大学结识的好友。家父也因事在江津，我家却住在下游白沙镇。这一年重庆抗战文艺协会举行鲁迅先生逝世二周年纪念，主持其事者老舍兄约我作鲁迅先生生平报告，次日我即搭船先到江津，下午入城，即去仲纯的医院，仲纯大嚷"静农到了"。原来仲甫先生同家父还有几位乡前辈都在他家，仲甫先生听家父说我这一天会由重庆来，他也就在这儿等我。这使我意外的惊喜，当他一到江津城，我就想见到他，弥补我晚去北京，不能做他的学生的遗憾，现在他竟在等着见我，使我既感动又惊异，而仲甫先生却从容谈笑，对我如同老朋友一样，刚入座，他同我说："我同你看柏先生去"，不管别人，他就带我走了。

静农先生是一九二二年才到北京，初在北京大学国文系旁听，继入北京大学研究所国学门肄业，而陈独秀先生已于一九二〇年离北京去上海，所以静农先生说"我晚去北京，不能做他的学生"。所谓设在江津的临时中学，校名是"国立第九中学"。抗战前，中学最高的只有省立而无国立（国立大学的附属中学另是一事），抗战开始后才有十几个国立中学，都设在战时后方几省，是专门收容沦陷区及战区各省的流亡中学生的，分别按省籍来收容，校名上并无"临时"字样，性质实是临时的，所以抗战后都没有了。收容安徽学生的有两所，一在湘西，起先叫作国立安徽二中；一在江津，起先叫作国立安徽一中，后来去掉省名，统一排列为八中和九中。这些国立中学，校舍设备虽然简陋，但体制高，规模大，教职员名额多，专收某一省学生的，自校长至教职员也大都是这一省人，教职员中间或有他省人也是很个别的。所以，九中设在江津，安徽人在江津的就很多，都是九中的教职员工及其家属，九中学生的家长，以及流亡入川之后因同乡关系投亲靠友或辗转介绍而来的。陈独秀与九中并无关系，其所以定居江津，大概也是因为这里有几个同乡老友之故。静农先生所说的邓初（仲纯）医师，是我的姑丈，安徽省怀宁县（今为安庆市）人，是陈独秀的小同乡，又是世交，自少年在一起长大的。抗战前，邓在青岛山东大学任校医，静农先生在该校中文系任教，他们是那时结为好友的。静农先生抗战初流亡入川，以沦陷区大学教授的身份，被安置在国立编译馆（非正式人员），该馆战时馆址起先在江津县白沙镇，静农先生即在白沙定居。（后来编译馆迁走，国立女子师范学院在白沙办起来，静农先生应聘至该院任教，一直留在白沙至抗战胜利后出川，此是后话。）白沙镇虽属于江津县，但从重庆乘小火轮溯长江而上，天不亮开船，至江津县城已是下午，再到白沙又约需四小时，所以江津县城与白沙之间的经常联系只靠通信。这就是陈独秀致台静农这一百零二封信的由来。

《酒旗》中说，他在江津县城初见陈独秀，是鲁迅逝世二周年纪念之次日，那么就是一九三八年十月二十日；如果纪念会不一定恰恰在十月十九日举行，相差也不会太多。这么推算起来，有意思的是，我与静农先生都是在江津第一次见到陈独秀，我见到陈独秀大致只在静农先生之后一两个月。

一九三八年夏，我随母亲由安徽逃难至桂林；十月，广州、武汉相继沦陷，长沙大火，桂林震动，我又随母亲取道柳州、贵阳逃到重庆。到重庆后，听说国立九中在江津招收安徽流亡中学生等情况，也就决定去江津。当时已知邓仲纯姑丈在江津开延年医院。

尤其是知道我的四伯父方孝远先生已在江津，我们可以先在他家有个落脚之处，再从容租屋安家。大约一九三八年十二月末，那天下午，我们母子从重庆到达江津县城，直奔国家公馆内四伯父寓处。这家姓国，宅院甚大，当地人称为国家公馆，外省流亡来的人士颇有几家租住其中。我们一进门，见四伯父正陪一位客人闲谈。四伯父命我："叫'陈老伯'，这是陈仲甫老伯。"又向客人介绍我们母子道："这是舍弟妇和舍侄，就是孝岳的夫人和儿子。"陈独秀哦的一声，连忙表示知道我母亲的身份。我大吃一惊，真是久仰大名，如雷贯耳，不料这么平平常常地得见。我那时只是个十六岁的中学生，但已经读过《独秀文存》，知道"五四"新文化运动的大轮廓，还在热心读马克思主义之书，知道中国革命史上和中共党史上的陈独秀的大概。不仅如此，我还自幼习闻陈独秀家与我们家是几世通家之好，陈独秀的父亲陈昔凡先生与我的伯祖父方伦叔先生，我的祖父方槃君先生，以及邓绳候先生，都是安徽学界文林同辈交游；陈独秀与我的几位伯父、我的父亲以及邓绳候先生的儿子邓初（仲纯）、邓以蛰（叔存）又是同辈交游；我的六伯父方孝旭先生的夫人（方玮德之母）是陈独秀的表妹；我的父亲与我母亲在北京举行新式婚礼时，因为邀请了新派两大代表人物陈独秀、胡适作为贵宾参加，致使我的外祖父旧派学者马通伯先生愤而拒绝出席，只好由我的一个舅父代作女方家长。我带着这么丰富的"信息"一见这位历史性国际性的人物，眼前竟是这么平平常常的老人，简直可以说很"土气"。他满口怀宁方言，土腔土调，一点也没有改，更不像个一世走南闯北的人。原来他当时也租住在国家公馆，与我的四伯父在同一个小院内，似乎他居的是北屋，我的四伯父是西屋。我们还暂时歇脚在四伯父寓中那些天，我每天都注意观察陈独秀一早在他所租住的房间当中一个厅堂上散步的情形：他穿一件灰布面的长袍，两手笼袖，在厅堂上来回走，先是缓步，走着走着快起来，后来就成了跑来跑去，每次都是这样。他自然不会注意到我这样一个中学生，没有同我说过一句话。我却注意到他同人说话时，间或目光一闪，锋利逼人，同他当时的"土老头"形象不大一样。我亲见的陈独秀，留在印象中的仅此而已。

后来我向路翎谈过，他在他的长篇小说《财主底儿女们》中，下卷第七章写蒋少祖会见陈独秀一场，反复写陈"在房间里疾速地徘徊，从这个壁角跑到那个壁角"，又写，陈眼光中忽而有"一种热燥的烈性的东西"，都是吸收了我的讲述。（整个那一场，以及其他细节与描写，则是路翎自己结构和想象的）现在看《酒旗》中也说：

> 他谈笑自然，举止从容，像老儒或有道之士，他有时目光射人，则令人想到《新青年》时代文章的叱咤锋利。

对于目光间或射人这一点，与我印象相同，至于举止从容，大多数时间也确是如此，我只见过他在早起散步时总是不自觉地由踱转成奔跑而已，路翎的小说中写成他对客谈话时也如此，那不是我说的。

不久，我们母子另行租屋安家，我进了国立九中，校址在江津县城的江对岸的德感坝，我平日住校，星期日才过江回家，去四伯父寓居不多，似乎再没有怎么见过陈独秀。现在看他致台静农第一封信，写于一九三九年五月十二日，寄信人地址已写"江津黄荆街83号"，这是邓仲纯姑丈所开的延年医院（同时也是住家）的地址（陈氏后来凡寄自江津县城的信，基本上都是这个地址）。那时我还在江津，姑丈家我有时也去，竟不知陈氏是何时从国家公馆迁居黄荆街的。一九三九年秋后，我和母亲离开江津。一九四二年五月二十七日陈氏在江津县鹤山坪逝世的消息，我是在重庆南温泉看报（大约是《大公报》）才知道的。报上的消息，登得很不显著，说是送葬者只有寥寥十来个人，墓碑上刻的是"怀宁陈仲甫先生之墓"，记者显然是同情地透露出哀其身后凄凉的意思。

一九四四年冬，我应聘到女子师范学院国文系教书，得以拜识心仪已久的台静农先生。他约略谈过他在编译馆、陈独秀在江津县城时他们的交往，给我看过陈氏晚年著作《小学识字教本》，是静农先生帮忙在编译馆印的，只是很简陋的油印本。我于文字训诂之学无所解，未借来看。我也没有多打听陈氏晚年的情形。那时，左派阵营中，"托陈取消派"还是大罪名，一九三八年，康生等人还公开诬指陈独秀为"托匪汉奸"。我虽知道静农先生纯是以师生之谊与陈氏交往（尽管那时我不知道静农先生进北京大学并未赶得上听陈氏的课，而静农先生以此为遗憾，愿以师礼事陈氏，乃是事实），但我也知道已有人在重庆进步文化界散布流言，说他们是政治关系，说静农先生是"托派"云云。静农先生为此很气愤。所以我避开这个敏感话题，现在读陈氏这一百多封信，借此第一手材料，得以详知陈氏晚年生活的艰困，以及陈、台师生之间的动人的关系，也可以说弥补了我本来愿意知道可以知道而未知道的缺憾。

一九三九年五月十二日信，是现存的陈独秀致台静农的第一封信，云：

静农兄左右：

弟病血压高五十余日迄未轻减，城中烦嚣，且日渐炎热，均于此病不宜，爕逸劝往聚奎过夏，云彼处静、凉、安全，三者均可保。弟意以为连接校舍之房屋，未到暑假以前，恐未必静，倘（一）房租过多，（二）床、桌、椅、灶，无处借用，（三）无确定人赴场卖菜米油盐等，有一于此，则未便贸然前往，兄意以为如何？倘兄亦赞成我前往，上述三项困难，请就近与邓六先生一商赐知为荷，此祝：

（　）安

弟独秀手启
五月十二日

陈独秀是师辈，而信中称静农为"兄"，自称为"弟"，《酒旗》中说：陈氏书赠台氏父子的对联、立轴上，"题款称我父亲为'兄'，我们父子当时都说他太客气，其实他还大我父亲三岁，这是传统的老辈风范，而我却不免有些惶悚"。大家都知道，鲁迅写给学生和相熟的青年后辈的信，一贯都是称受信人为"兄"，上溯章太炎写给鲁迅、周作人的小简，也是称"豫哉、启明兄鉴"，见周作人《知堂回想录》。（顺带还可以说到，静农先生长我二十岁，给我的信和赠送我的书艺题款上也一贯称我为"兄"，自称为"弟"；长我二十岁的胡风先生、聂绀弩先生也是如此）信中说的聚奎，是私立聚奎中学，前身为聚奎书院，颇有历史，是白屋诗人吴芳吉的母校，校址在江津县的白沙镇外八里许的黑石山，环境和校舍都还不错，故陈氏想借住养病避暑，但又深以房租过多等事为苦，可见其手头较紧。接着五月十七日信中有云：

> 顷晤雪逸兄云聚奎周校长已回信来欢迎我去住，我亦决计去，房租一节，雪逸云不要；我以为多少总要出一点才好。用人雪逸云不必专雇，有学校工役代办；我以为自雇一个（男工）较为方便。家具一层，雪逸云不大有把握，此事必须准备好，倘聚奎借不出，只好到白沙场小住一二日，购齐再去（床一、饭桌一、厨桌一、书桌一）。

末尾所开必不可少的家具单，如此寥寥四件而已，使人读之凄然。下文又说，闻白沙另有一处房屋出租，"可否劳吾兄亲去一看"；又说"或日内即赴白沙场在银行小住一二日，住聚奎或另租屋，候见兄时再决定，如何？望即示知"！可以此类生活琐事殷殷相托，倚仗甚专，足见对这位同乡后辈的信任亲切，已非一般。五月二十一日又有信，说知道聚奎中学觅合适之屋不易，且病体不堪四小时轮船之挤闹，已托人在江津县城附近的鹤山坪租屋，白沙之行作罢。六月十六日信说：

> 弟移来鹤山坪已十日，一切均不甚如意，惟只有既来则安之而已。据脉搏似血压已减低，而耳轰如故，是未恢复原状也。此间毫无风景可言，然比城中空气总较好也。

老病栖迟，难得一个托身之所窘况如见。此后陈氏基本上住鹤山坪，间或返江津县城，给静农先生的信仍是寄自"黄荆街83号"，有时则寄自东门外中国银行宿舍，未详是谁的宿舍。直到一九四二年在鹤山坪病逝。

此集的信中，未有正面说到他当时靠什么经常收入维生，只说到《小学识字教本》志给国立编译馆的稿酬之事，下面另详。而水如所编的《陈独秀书信集》中，则有陈氏一九四一年八月六日致杨朋升函中云：

> 弟生活一向简单，月有北大寄来三百元，差可支持，乞吾兄万勿挂怀！（水如编《陈独秀书信集》第517页，新华出版社1987年11月版）

又一九四一年九月六日致杨朋升函中云：

> 弟月用三百元，生平所未有。居城中当多一二倍，已觉骇然，兄在成都用度多至十倍，倚薪俸为生者，将何以堪！（同上

书第518页)

蒋梦麟在《新潮》中说:

（陈独秀）抗战期间住在重庆江津，生活一直由北京大学维持他，政府也要我们维持他。有一次我忽然接到他的一封信，说我们寄给他的津贴没有收到，是不是已经停止了？我回信说没有停止，照常寄的。大概抗战时期，交通困难，邮兑较慢之故，没想到我这封信发出后不久，他就死了。（蒋梦麟《新潮》第119页，台北传记文学出版社1967年9月版）

这每月三百元，是学校要致送，而取得国民党政府同意，还是政府所授意？是以什么名义支付的？是作为聘一名教授的薪俸，还是没有正式名义的特别的"津贴"？蒋氏皆言之未详。是从何时开始致送的，也未详。陈氏一九四〇年五月二十九日致台静农函云：

静农兄:

顷见兄于廿五日致仲纯书，愤怒异常，前有友人金君自重庆来江津看我，亦云闻之教育部中人告诉他，部中月给我三百元，今编译馆中又有云弟从部方领到稿费；想必都是部中有意放此谣言，可恨之至！请兄为我严厉辟之，是为至感！此祝：

健康！

弟独秀手启五月廿九日

58

昨上一函，谅可与信同时收到也。又及，倘陈馆长亦闻此谣言，可将此函与他一阅！

此所谓谣言，不知是否当时教育部授意或同意由北京大学每月致送陈氏三百元，尚未实行，部中风声已出，而陈氏本人尚未知，故怒斥为谣言。又，这之前一个月即四月二十九日陈致台函中有云：

任北大讲座固弟之所愿，然以多病路远，势不能行；为编译馆编书（不任何名义——原文如此，作者注），事或可行，惟馆中可以分月寄稿费，弟不能按月缴稿，馆中倘能信任，弟所受馆中之钱，必有与钱相当之稿与之，不至骗钱也。

似乎已在酝酿北京大学之事，似乎是要聘陈氏为讲座。据说，"西南联大教师的职称，有比正教授还高的一级，叫作[讲座]，全校只陈寅恪和刘文典二人"（贺祥麟：《西南联大忆旧》，载《出版广角》1997年第一期）。不知是不是后来陈独秀以"讲座"的职称受聘，但实未到校，故一般人不知道。若以此推测，则北京大学每月三百元的致送，最早当不早于一九四〇年五月，蒋梦麟说"一直由北京大学维持"或未准确。据蒋梦麟回忆可见，直到一九四二年并且陈氏逝世，才停止致送；也可见陈氏逝世前不久，还在每月急切等待着这笔生活费，没有如期收到就写信催问。又，后来何之瑜一九四八年一月七日致胡适函中追述云：

……《古阴阳入互用例表》及《连语类编》两种，这两种是仲甫先生在民国三十年自加整理之后，拟交给北大出版的，因为当时北大月赠三百元，为仲甫先生生活费用之故。（《胡适往来书信选》下册第306页，中华书局1979年5月第1版）

　　可见北京大学的钱不论以何种名义致送，陈氏是把它作为工薪一类性质来接受的，他不愿无功受禄，所以一九四一年即逝世前一年，还抱病整理出两部著作，拟交北大出版，所以受每月三百元，抵作工资或稿酬。

　　陈氏致台静农函中，几次说到他的《小学识字教本》一稿售与国立编译馆的稿酬之事。一九四〇年四月十四日函云：

　　　　编译馆尚欠我稿酬二百元，弟以为未交稿，不便函索，希兄向该馆一言之。

同年同月二十二日函云：

　　　　编译馆尚欠我稿酬二百元，稿尚未寄去，不便催取，兄能为我婉转一言之乎？

同年五月十五日函云：

　　　　稿已完全写好抄过，……虽非完璧，好在字根半字根已写竟，总算告一大段落，法币如此不值钱，即此不再写给编译馆，前收稿费亦受之无愧也。

此项稿酬，大概是北京大学每月三百元之外，陈氏的重要生活费收入。这个《小学识字教本》，是陈氏平生心血所注的著作。以专精的古文字学、训诂学的研究为根底，为小学生识字的启蒙需要，作成此书，正如《酒旗》所云："仲老在《新青年》时代摧腐推新，晚年犹为下一代着想，以此精神，能不令人感激。"其自叙云：

> 本书取习用之字三千余，综以字根及半字根凡五百余，是为一切之基本形义，熟习此五百数十字，其余三千字乃至数万字皆可迎刃而解，以一切字皆字根所结合而孳乳者也。上篇释字根及半字根，下篇释字根所孳乳之字，每字必释其形与义，使受学者知其然且知其所以然，此不独使学者感兴趣助记忆，且于科学思想之训练植其基焉。不欲穷究事物之所以然，此吾国科学之所以不昌也。

陈氏这一百多封信，绝大部分都是关于请台静农代找著此书所需要的参考资料，关于请台代向编译馆陆续交稿，关于交稿后又不断有所改订增删，一条一条陆续写信给台代改，关于抄写校订，关于如何刊印，等等。刊印的事，几费周折，中间有种种方案，遇种种阻力，最后仅能由编译馆油印数十部，陈氏只想得二十部而未可必。如上引一九四〇年六月十五日信中所云，实际只写出上篇，关于这方面的内容，以及陈氏有关中国历史、中国书法等片言只语的精辟之论，介绍出来，会有很大学术意义，但另需专篇，此文中只好从略。这里仍然回到陈氏晚年生活困窘之事。

记得一九三九年我还在江津上学之时，隐约听到一个风闻，说陈独秀当时，由蒋介石给以"军事委员会参议"的名义，月支干薪，为其主要生活费来源，云云。不记得是从何处听来的了，当时有些相信，以为第二次国共合作的大局面之下，周恩来尚且有"军事委员会政治部副部长"的身份，郭沫若是"军事委员会政治部第三厅厅长"，则以一个"参议"的空名安置陈氏，或亦有可能，但也不是深信，后来也没有向台静农先生问过。现在读陈氏这一百多封信，才知道那完全是谣传。倘若陈氏当时有"参议"的干薪，何致如此困窘。而且，一九四一年九月十六日函中有云：

前重庆有人托陈馆长为某杂志觅文稿于弟，不知即顾颉刚近日主编《文史杂志》否？此杂志是中央党部组织部所办，或朱骝先私人所办，兄如有所知，并希示知！

可见他很注意杂志的政治背景，要他投稿，他先要弄清杂志是否国民党中央组织部所办的，那么他怎肯拿军事委员会的干薪呢？我当时轻信谣似，固由未深知陈氏为人，亦未深思周恩来、郭沫若当时任军事委员会的官是公开的统一战线的抗战工作的安排，陈氏若拿军委会的干薪则是不明不白的政治津贴，性质上是不同的。

陈独秀逝世于一九四二年五月二十七日，他的老友、我的姑丈邓仲纯先生五月十九日致台静农先生手札，详谈陈氏的病况云：

弟以仲兄突然卧病，于十八日再到鹤山坪。仲兄乃因食物中毒而起急性肠胃炎，十七日晚曾一次晕厥，颇形危殆，今日虽经服药，已较平静，然以年逾六旬而素患高血压者，究属危险，实足令人惴惴不安为甚矣！

函末"又及"（次日所加）云：

今日仲兄较昨日更见好，已略有食欲，不作呕，呼吸已平稳，精神亦稍觉安宁矣。仲兄嘱转达吾兄者，以后教本印稿不必寄来校对，迳可付印。盖因此次一病，必须数月之休养，方能恢复健康。绝无精力校对，以免徒延日期也。弟大约再留山上一、二日，视仲兄病状如何，弟原拟于上星期日（17日）赴渝一行，乃因仲兄病而终止也。

静农先生将此信存放在陈氏信札一处，今亦原迹影印在陈氏信札之末，为报告陈氏最后情况的第一手材料。所谓病情较好，不过是一时的现象。此信之后的第七天，一代风云人物陈独秀，就在荒山羁旅之中，在寥寥几位终身好友的真切关怀中辞世。临终前数日重病之中，还殷殷切记《小学识字教本》油印之事，可知他是连装订成册的油印本都未能见到。当时葬在江津，后来迁回故乡安徽省安庆市，现已为市文物保护单位。

一九八五年十一月，我到安庆市郊谒墓时，从墓碑上生卒年，才算出他在世只有六十二岁，而我那时已是六十三岁，已长他一岁。回想十六岁时见到他以来的种种事情，自惊虚度，一事无成；今又十二年，来读他这些信札，又不禁有许多说不清的感想。忽然想起我旧作诗中有一联云："终是佳人空谷意，何妨烈士暮年心。"本与此无关，不知何以联想到，既然联想到，即截取为此文的题目。

补：也要澄清的和只好存疑的拙作《佳人空谷意 烈士暮年心》，在《炎黄春秋》二〇〇一年第四期上发表后，同刊同年第十期上发表了吴孟明先生大作《也谈陈独秀晚年的生活来源》，对拙文"予以澄清"。我想也在这里"澄清"一下。

我在上述拙作中引用过蒋梦麟《新潮》里的一段话：

（陈独秀）抗战期间住在重庆江津，生活一直由北京大学维持他，政府也要我们维持他。有一次我忽然接到他的一封信，说我们寄给他的津贴没有收到，是不是已经停止了？

吴孟明先生说我因此"提出了一系列疑问"，"种种推测，不仅于事实不符，也是有悖于情理的"。

首先要说明的是，我对于蒋梦麟之说，基本上并没有什么"疑问"；就是说，那个期间北京大学定期寄汇定额生活费给陈独秀，这一基本事实，我并没有什么"疑问"。因为抗战期间，北京大学与清华大学、南开大学一起组成西南联合大学，三校原来的三位校长即为领导西南联合大学的三位委员，原任北京大学校长的蒋梦麟是三委员之一。他在回忆录中说的这件事，当然不会是无中生有的，而是实有其事的，对此我并没有什么"疑问"。我的疑问只是对于蒋梦麟所谓"生活一直由北京大学维持他，政府也要我们维持他"，觉得说得很含糊，不知道究竟是学校要致送，而取得了国民党政府的同意，还是政府所授意。另一个疑问是，这笔钱究竟是用什么名义支付的，是作为"讲座"名义的工薪，还是如蒋梦麟所谓的没有正式名义的"津贴"？

其次，我并不是仅仅根据蒋梦麟一家之说，就相信当时每月给陈独秀寄生活费的是北京大学。我所根据的还有两条材料，一条是，陈独秀一九四一年八月六日致杨朋升函云：

> 弟生活一向简单，月有北大寄来三百元，差可支持，乞吾兄万勿挂怀。（水如编《陈独秀书信集》第517页，新华出版社1987年11月版）

另一条是，何之瑜一九四八年一月七日致胡适函云：

> ……当时北大月赠三百元，为仲甫先生生活费用……（《胡适往来书信选》下册第306页，中华书局1979年5月版）

这两条材料，拙文中都已引录，其中都明确"月寄三百元"的是"北大"，而"北大"从来都是"北京大学"的简称，足以证明蒋孟麟之说非妄。

以上就是我要"予以澄清"的。一句话：那每月三百元是北京大学致送的。

至于吴孟明先生说"这三百元是北京大学同学会给陈独秀每月的生活费"，他的根据一是他自己作为陈独秀的亲属和后裔在家庭中所知道的情况，一是陈独秀的小儿子陈松年致南京《周末》报的亲笔信。我不敢否认他这两个根据的权威性，可是，我也不能相信陈独秀与何之瑜都会把"北京大学同学会"简称为"北大"，不能相信蒋孟麟会把北京大学同学会干的事说成北京大学的事，前者是一个社会团体，后者是一所国立大学，应该不会混同的。这就只好暂时存疑了。

二〇〇一年十月三日

天荒地老忆青峰

——忆柴德赓

柴祖衡、君衡兄弟二位见访，说今年是他们的父亲青峰（德赓）先生诞辰八十周年，要我为纪念集写一篇文章。我立刻答应了，我是该写了。

青峰如果活着，都八十岁了么，这使我大吃一惊。我总记得一九四四年我们在白苍山初相识的时候，我还是二十二岁的青年，青峰那时三十六岁，要按现在的标准来说，也还算青年，充其量也只是刚刚进入中年罢了。我们贴邻而居，朝夕相见，年龄相近，很谈得来，常常两人一同上街买米买菜，间或也同到黑石山赏梅花。我们都是"夜猫子"，差不多每晚都要谈到半夜，在一个小炭炉上用小陶壶烧开水冲茶，每一小壶恰好两碗，够一人沏一次，再要沏时再烧。后来他赠我的诗说："剧谈吾可续，豪饮子宜先。"我赠他的诗说："回首空山风雨夜，可能还结对炉缘。"说的都是那时的情景，"对炉""豪饮"指烹茶和饮茶，并不如通常的用法指煮酒和饮酒。此情此景如在眼前，青峰如果活着竟已八十岁了么？然而青峰没有活到今天。"文化大革命"中，他受的磨难比我多，他是直接与翦伯赞连得上的"反动学术权威"，比我这个"摘帽右派"有现实价值，一九七〇年他在苦役中死去之年才六十二岁，比我现在的年龄还小四岁呢。

那么，我怎能不趁未死之年写出我说的话呢？死者已矣，我是说给生者和来者的。

我们相识在白苍山，那是国立女子师范学院的院址，在四川省江津县白沙镇。现在听说成渝铁路已有白沙一站，当时那地方却很偏僻，从重庆去，只能乘小火轮，溯长江而上约九十公里。晨发暮至，两头不见太阳，途中有险滩，覆舟惨祸时有所闻；从白沙去重庆则是下水，当然要快一些。国立女子师范学院创办于二十世纪四十年代之初，至二十世纪五十年代初院系调整时，并入西南师范学院，存在的时间很短。院址远离政治文化中心，抗战胜利后虽迁往重庆附近的九龙坡，其时的重庆又不是战时首都了。学院规模很小，一共只有六百多个女学生，当时除了延安的中国女子大学以外，纯收女生的高等院校似乎只有这一个，被人嘲为"女儿国""大观园"。因为这些缘故，很多人不知道有过这么一个学院，知道一点的人又往往把它的名字错写成"白沙女师"，其实它的名称就是"国立女子师范学院"，不多不少就这八个字。当时也有人口头上随便简称为"白沙女师"，可是院名上本无"白沙"二字，而且"女师"似乎是中级师范学校，所以我们自己不这么简称，我们简称曰："女师学院"，或"女师院"，甚至干脆叫"女院"。

现在回想，着实有些奇怪，那么一个历史短、规模小、地方偏、设备差的学院，不知怎么竟有一个很可观的教师阵容。院长是谢循初教授，教育系主任是罗季林教授，教育系还有鲁世英教授，作为师范学院的首席系的阵容就是如此。此外，英语系主任是李霁野教授，历史系主任是张维华教授，音乐系主任是张洪岛教授，数学系主任的萧文灿教授……都是各该学科里面数得着的。国文系的情形，我当然更熟悉了，历届的系主任是胡小石教授、黄淬伯教授、台静农教授。台原是国文专修科主任，魏建功教授则是国语专修科主任。这两个专修科与国文系关系密切，若分若合。魏后来又当教务主任，仍在国文系授课。国文系当时的副教授有吴白匋、宛敏灏、姚奠中、詹锳、张盛祥等，青峰是历史系副教授，实跨文史两系。他们年龄相近，青峰还是居于中间的，现在只有青锋先去了，别的几位幸而都还健在。当时女师学院各系的讲师助教，也是济济多才。歌唱家张权当时是音乐系助教，我有幸在女师学院学生大饭厅（一座大芦席棚里），听过她的独唱会，也许是她第一次举行独唱会吧。以上说的只是我在那里时的情况，不包括以前和以后的。先前历史系主任是梁园东教授，音乐系主任是杨大钧教授，在国文系教过的还有佘雪曼，在音乐系教过的还有郑沙梅，我去时都已经走了。我没有随学院迁至九龙坡，学院迁去以后，院长换了劳君展教授，听说还有萧蔓若、黄贤俊等先生到国文系教过，我都不在那里了。

总之，这是一个物质上很简陋而又很有学术空气的环境，我以一个二十二岁的青年，由黄淬伯教授的推荐，受聘去教书，给我的聘书上竟也写的是副教授，我实在很惶恐。大学的助教我当过，就是给黄淬伯教授当的助教，替他改作文习作，并未讲过课，现在跳过了讲师来当副教授，正如去年我在一篇小文中说的："回想初登讲台的时候，心理真虚得很。那是一九四四年，自己明白只有高中二年级的学历，一年小学教师、一年半中学教师和两年半大学助教的经历，一下子就对着（有比我还大）的学生讲起课来"，说的就是初到女师学院的情形。在女师学院的那几年，我是抓紧一切机会，向同事的前辈如台静农先生等好好学习，也抓紧一切机会向老长兄们学习，其中因贴邻而居，于朝夕相聚中承教最多的一位老长兄，便是青峰。我离开女师学院以后，曾作有《白苍山四君咏》，怀念我最难忘的四位：

午醉先生睡正酣，晚凉心事晚眠蚕。
文章总向秋风哭，又到人间歇脚庵。

（台静农伯简）

横眉向我说无生，下智昏尘听未明。
进退去来宁有碍，转看破衲是非情。

（罗志甫破衲）

四十生涯浪漫过，青衫落拓伴清歌。
词人枉自留灵锁，一例匆匆可奈何。

（吴白匋灵琐）

70

豪谈高唱不知慵，起看阶前月影重。

话到白苍山上事，天荒地老忆青峰。

（柴德赓青峰）

入洛机云未敢俦，追随端属少年流。

他时感旧渔洋集，可附狂奇左道楼。

（余曾有室名曰左道楼）

诗不成诗，人却是永远难忘的。"天荒地老"不是泛泛之言，里面还有一段故事。

话还是得从"豪谈高唱不知慵，起看阶前月影重"说起。

一九四四年我来到女师学院，已是残秋。下船后上白沙镇码头，再走出镇街，还得走五六里路，才到白苍山。女师学院便建在山上，无非是几十排土墙瓦顶的校舍，还有一些更简陋，是编篱糊泥的，学生的大饭厅干脆是个大芦席棚，开会时则用作大礼堂，所以张权女士在那里举行独唱会。电灯当然没有，点的是严监生那种桐油灯，夜行则用纸糊小灯笼提在手上。巴山多雨，通常夜雨昼晴，伞固然不可少，更不可少的是当地出产的桐油的钉鞋，走在任何泥泞的山路上都很把稳，虽不美观，女学生们却不得不穿。学生宿舍在半山以上，那座芦席棚的饭厅兼礼堂靠近山麓，每当雨后她们下山来吃饭时，几百双钉鞋的声音之流，以及晚间开什么大会时，几百盏手提小白纸灯笼的光影之流，我以为可称白苍山的两景。我曾有一联诗句："半山灯火清歌里，一径蘼芜薄醉时。"不一定就是写这两景，然而不妨说有这两景的影子在内。我们当教师的还多一项随身法宝："手杖"，这也是雨后和夜间山路上有很大用处的；我尤其行动不离，为的是要显得比实际年龄尽量老些，较便于置身在女子学校之中，置身在老长辈老长兄的行列（当时我不得不把年龄报成三十，实际年龄二十二岁）。有一次我和青峰一同到镇上去，他还带着女公子令文，那时还是个小女孩。我说："你看我们两人，一样的钉鞋，一样的手杖，一样的小灯笼。全是一样；不一样的只是你戴了眼镜，还带了一个女儿。"他说："眼镜也许你不久就会戴上，只是你要有这么大的女儿，却不是一年两年的事。是不是丢掉这根手杖吧，还可以快一点。"那时我还未婚，他开这个玩笑，大概是猜到了我手杖不离手的用意。

我们从初次相识，到能够这样闲谈开玩笑，没经过多久。我们的宿舍是贴邻，我第一次看见青峰，是到校次日礼节性拜访同事的时候，他正坐在小竹凳上洗一大盆衣服，璧子夫人手上生湿疹，不能下水，全家老小七口的衣服都是青峰包洗，他一面揉着搓着，一面兴会淋漓地和我谈着，没有一点辛苦狼狈的样子。这个初次印象，我是非常深切的。后来二十年的交往，证明这个初次印象没有错，青峰什么时候都是那么精神奕奕、兴高采烈，至少在我心目中这是青峰一贯的形象，此刻我在记忆中怎么搜寻也没有他意气消沉、怨苦叹惜的形象。

其实，我们初识时，青峰是很辛苦的。抗战爆发，平津沦陷，青峰留在北平，在辅仁大学教书。当时留在北平的高等院校中，辅仁大学和燕京大学因为是外国教会办的，还有中国大学那种私立大学，没有被敌伪政府接管，不算伪校。可是太平洋战争爆发后，敌伪势力对辅仁大学的压迫日益加重，青峰忍受不了，终于偕同璧子夫人，携带四个儿女，冒险潜逃出来，投奔抗战大后方。经过西安，辗转来到白沙，大约也是一九四四年下学期，他到校就在我之前不久。这一路的辛苦不必说了，一点积蓄也用完了，当时国统区正是经济混乱，知识分子生活困难之时，青峰一家六口，加上一位岳母老太太，负担之重超过了女师学院我们相熟的几家中任何一家。这里情形他对我从不隐讳，可是他和璧子夫人仍是什么时候都那么兴致勃勃，高谈大笑。他们对于国统区的黑暗，对国民党政府的消极抗日，积极反共，特别失望和愤怒，时时痛斥，可是并不羼杂着旧知识分子的"恨恨而死"和小市民式的"愤愤不平"。这种态度，尽管我自己做不到，或者说，正因为我自己做不到，我特别地欣赏。我初到白苍山，冷雨连绵，心情就很坏，有句云："雨洗苍山白，天招下士魂。休歌迎子夜，按剑对黄昏。"可见一斑。难得一个初冬下午，天放晴了，我独坐在室内，听见青峰在隔壁大声吟诗："城上斜阳画角哀，沈园非复旧池台……"这是陆放翁的沈园诗，也是我一向爱吟的。我便走过去谈天，他将他的诗稿拿出来给我看，我才知道他自己作的诗就是放翁一路，所得很深，入蜀途中诗作特别亲切有味。谈着谈着，他忽然提议我们各自回房间去作绝句四首，交换了看过，再同去黑后山看梅花。我作的末一首便是以这样两句作结："等是无聊消永昼，不如乘兴探梅花。"这可以就是我们"以诗订交"之始。我那句"豪谈高唱不知慵"，企图写出他老是兴致勃勃的形象，本来该是"高吟"，限于平仄改为"高唱"，勉强可以通融吧。后来我又有赠他的诗云："高吟嵯峨纪剑门，当时倾听几晨昏。"就是指拜读他的入蜀诸诗，中有《剑门》一首他自己很得意，我也很欣赏。

青峰多才多艺，吟诗之外，写得一笔好字，是二王一路。启元白先生和他是同门好友，都是陈援庵（垣）先生的高足弟子，我第一次知道"启功"这个名字，便是由青峰给我看一把扇子，上面有启元白先生写其自作《论书绝句》，中有一首云："大地平沉万国鱼，昭陵玉匣劫灰余。先茔松柏惧零落，肠断羲之丧乱书。"我至今还记得。青峰写应用文字，笔下很是来得快。后来女师学院师生反对国民党政府教育部的风潮中，大家推青峰为教授会的秘书，专门同教育部笔战，很是得力，这成了他被教育部解聘的原因，亦即"天荒地老"云云的本事了。

青峰是史学家，我从他得益的主要是史学方面，更确切地说是文史哲相通相关的方面。我不治史学，年轻时学马克思主义，历史唯物主义的一般原理是学过的，对几位马克思主义的中国史学者的论著，对他们争论的问题，例如什么是亚细亚生产方式，中国封建社会始于何时之类，也曾钻过一阵，我还遵照鲁迅的教方，对野史笔记，特别是南宋、明末、清末的野史笔记，一向留心，也培养出了兴趣。除了这些之外，近代现代史学家，我所知极少。如果说王国维、陈寅恪、顾颉刚、章嵚、钱穆、孟森、邓之诚、萧一山、陈恭禄他们的著作，我或者读过一两部，至少翻查过，至少在书架上见过的话，不知什么缘故，唯独于陈垣，几乎一无所知。认识青峰之前，我只见过陈垣的《中西回史日历》和《二十史朔闰表》，由于没有需要，从未翻检过，从不知陈氏还有什么著作。胡适的《校勘学方法论》我看过，印象不深，更记不得那是为陈氏的《元典章校补释例》作的序言了。我与青峰的相识，恰好弥补了我这个缺陷。陈垣的几篇著名论文：《元西域人华化考》《南宋初河北新道教考》《明季滇黔佛教考》《清初僧诤记》《通鉴胡注表微》，现在我记不准这几篇是当时从青峰处借读的，哪几篇是后来才读到的了，但当时都从青峰口中常听到提起。但《明季滇黔佛教考》则是确实当时读过的，陈寅恪所作的小序，也是青峰向我极力推荐的，其中如"先生讲学著书于东北风尘之际，寅恪入城乞食于西南天地之间"等语，至今尚能背诵。去年黄裳特地著文推荐陈寅恪这篇序，眼光确实不差。

话说回来，青峰给我最大的教益，便是使我略能望见陈垣之学的门墙。我知道，陈门弟子的入门第一步功夫，是从头到尾点读《资治通鉴》，从这一步入手，以后便不至于放言高论，游谈无根。陈氏自己那些论著，都是用了"竭泽而渔"的方法，网罗了最完备的材料，处处凭材料说话。他引用材料，往往动辄便引录全篇文字，起初我很奇怪这种做法；青峰解释道："摘引容易断章取义。现在全引出来，即使引用者有误会之处，也易于得到纠正。"我非常佩服这种严肃态度。陈氏是治中国宗教史的。但是他那些著名的论文，并不着重宗教的神秘的方面和教理教义的玄虚深奥的方面，而是着重在宗教的政治社会背景和作用，宗派的断续存亡，教徒的生活与矛盾等等现实方面，其实这才是真正的宗教史，而不是教义史或宗教哲学史，这是陈氏的创造性的独特贡献，至今似乎还没有第二人。我不治史学，而在这种地方文史哲之会通，受益尤多。陈氏史学，又特重民族思想，《通鉴胡注表微》当然是代表作。我是由青峰的鼓吹才懂得看重清人全祖望的《鲒埼亭集》，他用了桐城义法，一篇一篇地给全祖望改文章，于是我更懂得桐城义法完全是另一路，也更对桐城义法失去了信心。文史不分家，是中国的好传统，陈氏史学是这样，青峰身上也是这样体现出来的。前面说过青峰作得一手很像样的放翁一路的诗，写得一手很像样的二王一路的字，原来这也是很多陈门弟子共同的。我还知道，陈氏史学固然是高度的专门之学，而同时又很讲究博雅，陈氏曾将《四库全书》全部翻检过一遍，这是艺林佳话，我最初亦即闻之于青峰。青峰自己讲授"史学要籍解题"，并曾对《书目答问》做过深入研究，都是博雅的表现。我本来遵照鲁迅的教言，很喜欢拿了《书目答问》来检索或闲看，现在遇到一位专门研究者，加以台静农当时也常说，新文学书也要有一部《书目答问》才好，引得我暗自想过把这个任务担当起来，虽然太无自知，也可见受影响之深了。

除了论学，青峰谈得最多的是沦陷后北平高等教育界的情形，例如高校中有伪校与非伪校之分，后者就是外国教会办的和中国人私立的高校，他们如何在困难条件下抵制"伪化"，坚持民族气节的教师如何集中在这几个非伪校里艰苦撑持，等等。这些都是大后方不大知道的，我有幸听青峰谈说，至今这方面的知识，在抗战期间大后方的人们当中，大概可算是较多一些的。

青峰笃于师生之谊，常向我谈起"陈老夫子"（指陈垣）的立身治学的许多逸事，这里不一一举出。有一件事给我印象特别深刻，却不是青峰谈的，而是台静农谈的：说是有一次北京大学一个学生写了一部《中国新文化运动史》，到教师休息室来请胡适为之题签，陈垣当时也在那里，笑道："这真是请宋江来题《水浒传》了。"

我们当时活得很清寒，然而有朋友之乐，又似乎活得很高兴。然而这局面并不长久，一九四五年日寇一投降，抗战一结束，大局的变动引起了小局的变动，女师学院便因"复员"问题爆发了反对国民党政府教育的风潮。

所谓"复员"，当时是指抗战期间原由何处迁入大后方的机关团体学校，抗战胜利后迁回原处。凡列入"复员"计划的，交通工具由政府统一安排；个人回家乡的也称为"复员"，但那个时候个人挤购车船票，难于上青天，所以凡说"复员"还是主要指机关团体学校而言。女师学院是抗战期间新办起来的，它的原址就是四川省江津县白沙镇，本来没有"复员"问题。但当时全国师院学院，院名之上皆冠以省名或市民，只有两个是秃头不冠地名的，一是"国立师范学院"，通常简称"国师院"或"国师"，初在湖南蓝田，后在湖南南岳，钱锺书小说《围城》即以在蓝田时的该校为背景，另一个就是"国立女子师范学院"。当时如此命名，似有意要以此二校为全国师范学院的首席次席，将来随着中央政府走，据说教育部某大员对女师学院生做过这类的许诺。抗战胜利之后，女师学院招生，无论外省人本省人，一致切盼教育部兑现这个诺言。外省人切盼早日离开困守八年的四川，本省人大部分也切盼早日走出夔门去看看外面的世界。大家希望新的院址靠近南京，院长谢循初教授是当涂人，所以当时有过一种传说，新院址就在采石矶云云。不料教育部正式决定下来，女师学院迁是迁的，却只是迁到重庆附近的九龙坡，那里是上海交通大学的战时校址，现在交通大学"复员"回上海去了，遗下的空房子就让女师学院搬进去。这个决定激怒了女师学院的师生，学生会宣言罢课，教授会跟着宣言罢教，态度都很坚决。教育部当时为什么如此决定，表面理由之下，似乎有一个用意，就是当时全国大学生对国民党政府不满，民主运动方兴未艾，所以有必要尽可能不让高等院校聚在几个大城市里。例如素有"西南民主堡垒"之称的桂林师院，抗战胜利后被强令迁到南宁，桂林当时是广西的省会，南宁不过是一个边陲小城，进步师生都认为是要把他们"装进闷罐"，也曾激起长久的强烈的风潮。女师学院的风潮，没有那么强烈的政治性，也许正因此，在学院内部更便于团结最广大的群众。青峰当时任教授会的秘书，起草各种宣言、启事，与教育部公开笔战，真是所向披靡，驳得对方招架不住。最后，教育部只好下令解散女师学院，撤了院长谢循初的职，另行指派一个以伍叔傥为首的"院务整理委员会"来实行镇压，规定学生赞成迁往九龙坡的向该会去登记，否则该会不承认其学籍；教师则由该会换发新聘书，但是有几个被认为祸首的，不发新聘书，也就是予以解聘，台静农、宛敏灏和青峰都在解聘之列，我算是得到了新聘书，却也不想到九龙坡去了，学院搬走后我便留在白苍山了。

这是一个"食尽鸟投林""树倒猢狲散"的局面。学院搬走了，青峰全家去重庆另找关系弄车票去了，最后，偌大一个白苍山，只剩下台静农和我母子这两家，还有白苍山隔溪的桂花庄宿舍区只剩宛敏灏一家了。那是一九四六年夏初的事。青峰既去之后，忽然又有什么事回到白沙空山上来，盘桓数日，他有留别一绝云："惊心草木无情长，回首弦歌未易哀。流水高山君且住，天荒地老我还来。"这是他的诗里我最喜欢的一首，说到这里才算说清楚我那两句"话到白苍山上事，天荒地老忆青峰"的本事。

起先我欣赏的还偏重在"流水高山君且住"一句。青峰去后又过了若干日子，一个晚上，台静农邀我到图书馆一带去散步，那原是每晚坐满了学生在夜读，门前收拾得很整洁的。不料一二十天无人收拾，树枝便长得伸进了空屋的窗内，满地乱草，抬头不见夜空，只是从树叶缝里闪现出朦胧的月影，我们吃了一惊，默默地赶快走开，颇有点"大观园月夜警幽魂"的意味。台静农后来在一篇文章里描写道："槐阴蔽道，鼯鼠当阶，昨犹弦歌，今若败刹"，原来那时我因为一直未离开，眼睛习惯于渐变，还不怎么觉察，青峰走开了一段再来看，已经看出草木的无情怒长，有惊心动魄之感。这样，我才特别欣赏"天荒地老我还来"一句，一点也不是夸张，十分恰切地写出了他的深挚珍重的友情。

"天荒地老忆青峰"忆的就是"天荒地老我还来"的青峰。此后，他回到北平，我在徐州教书，一九四七年五月我从徐州来北平小住经旬，我们别后重逢，青峰有《喜方重禹自徐州至》五律四首见赠，首首都极有真情，前引的"剧谈吾可续，豪饮子宜先"一联即在第四首中。一九五三年我由南宁调来北京，直到一九五五年青峰由北京调苏州，那几年中，我们都是解放初期的那股劲头，各自忙于工作，同在一地而相见不多。"文革"前夕，青峰正在北京，一九六六年大约四月间，我邀青峰到我寓处来，同时邀了周绍良先生，他们同是陈门弟子而不相识，我给他们做了介绍，那是我和青峰最后一见。不久，我进了"牛棚"，听说他被掀回苏州，从此我们断绝了音信。一九七一年秋，周绍良由文化部咸宁干校专程到北京参加陈垣追悼会，回干校后，我问他见到柴青峰没有，周绍良说柴青峰已在"牛棚"中死于急病了。这些经过当中，可以回忆的事也还不少，但总不如从白苍山初见订交到"天荒地老我还来"那一段那么朝夕相见，那么对我有深切的教益。所以我这篇回忆集中地写了那一段，希望多少写出亡友的学行的一些活的风貌，特别希望他的学生们子女们能学到他的无论何时都是"豪谈高唱不知愤"的精神，学到他的"天荒地老我还来"的精神。

一九八八年七月十二日

（原载《随笔》1988年第6期）

一九九二年九月二日上午九时，南京石子岗殡仪馆正在举行吴白匋教授追悼会。此时，我在北京家中，重新展读白匋先生给我的最后几封信，和他的诗词集《凤褐庵诗词》《热云韵语》。

这两本诗词集，是自费油印线装本，写印装帧，俱极精工。《凤褐庵诗词》是新中国成立前之作，包含《凤褐庵诗剩》一卷、《凤褐庵词》三卷。《热云韵语》是新中国成立后之作，诗词混编，三卷。白匋先生自少年时代，即用功于诗词，平生所作甚多，但是他编集子的时候，去取极严，如《凤褐庵诗剩》这个书名，已说明是大删之后剩下的，卷末自记云："起丁卯夏，迄己丑春，删存七十四首。"即自一九二七年夏至一九四九年春，二十二年之间，平均每年仅存三首多一点而已。我感到荣幸的是，他赠我的诗三首，词一阕，全都录存了。

我与白匋先生相识于一九四四年秋，我到国立女子师范学院国文系教书，白匋先生先在，很快我们就相熟了。女子师范学院院址，在四川省江津县白沙镇白苍山上。《凤褐庵词》卷三有《浣溪沙——白苍山居六阕》，写的即是他在白苍山上的生活。词中有云："小院无花禽对谇，冷瓯剩粥蚁争寻，醒来长昼但阴阴。"这个长昼阴阴的无花小院，即是女子师范学院单身男教师宿舍。白匋先生是只身逃难入四川，夫人仍留在仪征老家，所以他住在这小院里。他用一个小炭炉，自己在房间里做饭。他爱吃煎炸食品，不爱喝汤，我几次见他用一点油，煎几片馒头片，炒一个鸡蛋做菜，便是一顿（同住小院内的黄淬伯教授爱喝热汤，炎炎夏日，一顿饭吃完，喝得汗流满面，与白匋先生之不喝汤适成对照）。房间小，桌上位置无多，有些锅碗就放在地上，自然容易爬上蚂蚁，所以"冷瓯剩粥蚁争寻"写的确是事实。词中又有云："独客能知夏夜长，羽虫如雾正飞扬，四更伏枕暗心光。"又有云："十年冷暖曙灯知。"都可见他当时独客孤身、伤离念远的凄清心境。

可是，他当时的风度，却是很洒脱，有风趣，能独往独来，自得其乐，也能与二三知交清言竟日，从宇宙之大，说到苍蝇之微。他是胡小石先生的得意弟子，还有黄季刚先生、吴瞿安先生、胡翔冬先生都是他常常称道的尊师。他原来是诗人，后来更以词人著称，在女师学院讲授"历代词选"，极受学生欢迎。我对他说，我不懂词，只有《鹧鸪天》的调子还比较喜欢。这当然是很幼稚的话，大概我是因为这个词牌最近于七言律诗的声调。白匋先生的词，本自梦窗、白石入手，工于中长令，不以小令见长，但是他不鄙薄我的幼稚，立刻向我口诵他来白沙之前，在成都所作的一阕《鹧鸪天》，今存《凤褐庵词》卷二：

鹧鸪天

同石斋、子薄饮市楼，有怀金陵。

闲梦江南细马驮，繁樱千树覆春波。锦城纵有花如雪，一夜高楼溅泪多。抛远恨，仗微酡。新烹玄鲫引红螺。莫教重听潇潇雨，还为今宵唤奈何。

这是我第一次接触白匋先生的作品，很欣赏，很佩服，立刻记熟了。现在读程千帆教授为《凤褐庵诗词》写的序言，他说白匋先生的词，从梦窗、白石入手，抗战中入川，"遂更进以稼轩为师，而杜老忠愤感激之情，亦往复于其笔端，于是先生之词乃兼有辛吴之胜，别开生面"。我看这阕《鹧鸪天》虽是小令，却有尺幅千里之妙，正是合梦窗、稼轩为一手，而运以杜陵之气，足见千帆之论，深得文心之要。

我当时有一个诗稿本子，送请白匋先生指教。他还我时，已在上面题了一首诗，今存《凤褐庵诗剩》：

题方重禹《拜康回室诗稿》

不嗣灵皋响，能知药地心（方密之有《药地炮庄》）。文章有兴废，庄墨共炮恂（君方治《墨子》）。志猛天难夺，情奇海自深。巴山多苦雾，聊供尔孤吟。

诗中虽多过奖，但是指出我以桐城方氏子弟，不愿嗣方苞之响，而有契于方以智之心，确实说中了我的心意；尾联"巴山多苦雾"用李商隐句意，也说中了我在学诗之中的向往。

我们相识之次年即一九四五年，抗战胜利，逃难入四川的人都想出川还家，但极难找到交通工具。白匋先生是单身一人，走起来比较方便，遂毅然于一九四六年春动身，采取一段一段地设法买车船票的办法，这是拖家带口的人学不来的。他走后不久，寄来途中所作词一阕，今存《凤褐庵词》卷三：

鹧鸪天
过当阳初见日俘

野荠风吹破帽香，鸡栖车子过当阳，独怜废垒生新草，仍见残俘有笑庞。寻史迹，问村氓，低眉不答拾柴忙。断碑蚀尽英雄事，长坂坡头落日黄。

他信中说明，这是他乘手推鸡公车过当阳长坂坡时，第一次看到被俘虏的日本侵略军，他们神情并不沮丧，脸上还带着冷笑怪笑狞笑，而中国老百姓则是压抑麻木，满腹心思，他觉得很可怕，作了这阕词。我们几个朋友传诵此词，佩服他的敏锐感受。当时有个说法："日本惨败，中国惨胜。"他这阕词以一个平常的场景，极生动地把当时的形势表现出来了。

一九四七年夏，我与陈沅芷在桐城老家结婚，几个月后，沅芷回北平继续上学，我去广西南宁，到南宁师范学院国文系教书。白匋先生寄来他画的贺我们新婚的一幅《勺园联咏图》，工笔彩色，气韵静美，图上有他用簪花小楷自题的两首诗，今存《凤褐庵诗剩稿》：

重禹与沅芷女弟婚后居桐城勺园，
联吟甚乐，为画小帧并题

勺园一天地，高咏混茫初。养梦化猿鹤，拾欢忘毁誉。
新纛丛绿洗，彩笔静香嘘。吟定烧红烛，重温两地书。

画未寄，闻桐城兵燹。越五月，
得重禹南宁来书，喜极复题

图成不敢寄，北望劫余灰。诗惜新婚别，书难旧雨来。
巴陵犹雾暖，江左但云哀。今日逢南雁，为君酒戒开。

白匋先生平生作过的贺亲友新婚的诗，总该不少吧，现在《凤褐庵诗词》和《热云韵语》两集之中，贺人新婚的诗却仅此二首，第二首尤其沉挚肫切，更非一般应酬之作。我把他这幅画精裱起来，一直悬诸座右，"文革"初红卫兵来抄家时毁去，沅芷也就于那一天被拉去关起来，不几天便被打死了。

　　这当然是白匋先生画图题诗时绝不会料及的。解放之初，他和我的兴致都很高。一九五二年冬和一九五七年夏，我们两次同游北京陶然亭，听他畅谈他在江苏担任省文化局副局长，全力从事地方戏工作的情形。他还把他写的常锡剧《红楼梦》剧本中得意的曲子念给我听。一九五七年别后不久，"反右"运动起来，我被"扩大"进去，白先生平安过来，从此一别二十余年，中经十年浩劫，直到一九七九年才在北京重见。他有一阕词记重见之事，今存《热云韵语》卷三：

南歌子

过重禹幽居清话

陌巷寻三曲，晴窗点一灯。狂朋妙语吐纵横，犹似陶然亭上那时情（一九五七年夏同游陶然亭后，一别廿年）。

识破长生药，耽追不朽名。庞眉书客炯霜晴，解道劫灰飞尽古今平。

那时我还住在一间仓库隔成的房里，没有窗户，成天伸手不见五指，不睡觉时全得开灯，他词中"陌巷寻三曲，晴窗点一灯"，纯是写实。那次闲谈中，我大致说过：古人若富贵已极，进一步只有服药求长生；今人知长生不可能，便一心要维护身后之名，为此不惜任何代价。这些话给他印象很深，就写进词里了。

我曾经听朋友传说，白匋先生在"文革"中受的冲击不轻，劫后重逢时，却没有详细问他。后来，在他的《热云韵语》卷二中看到有一组《乙卯自剖诗》，是一九七五年他七十岁时自叙平生之作，自第十四首至第十六首都是写"文革"中事，第十四首云：

> 口头换骨意蹉跎，蠹管尘笺铸错多。
> 淘洗残魂冲古垢，空前骇浪是恩波。

诗末自注云："知识分子改造世界观，必须脱胎换骨。余只能口言之，'文化大革命'中受到空前冲击，固宜。"又第十五首的自注云："群众大字报往往揭出余灵魂深处肮脏，实应感谢。"这些都使我能够想象几分，特别是"空前骇浪是恩波"这样的句子，表现出知识分子的灵魂的自我扭曲，犹如砍头前北望谢恩，我觉得十分可怕。

"文革"后，白匋先生重执教鞭，到南京大学中文系任教，直至逝世。讣告中列举他的社会职务：中国戏剧家协会江苏分会名誉主席、《中国大百科全书·戏曲曲艺》卷编委、文化部振兴昆剧指导委员会委员、中国戏曲学会理事、《中国戏曲志·江苏卷》顾问、江苏省民俗学会名誉会长、江苏省锡剧研究会名誉会长、江苏省诗词学会副会长、江苏省美术馆顾问、江苏省《红楼梦》学会顾问、江苏省昆剧研究会常务理事、第一、二、三届江苏省人民代表，第四、五届江苏省政协常委，可以体现社会对他的多方面的学艺成就的承认，看起来他晚年应该是颇不寂寞。但是，他庚午除夕（一九九一年二月四日）给我的信中说："两年来腿腿（原文如此，当是'腿足'之误。——舒芜）疲软，日甚一日，终朝困守小楼，钻故纸堆。"一九九一年六月四日的信又说："此后恐难远行，唯愿老友常寄文鳞，以慰岑寂。千帆兄春节后尚未觌面，恐亦因多病，常住医院故也。"一九九一年十二月二十四日的信（这是他给我的最后一封信了）中又说："自然规律毫不饶人，从去年起病足不良于行，稍用力即气喘，因而极少出门，困守小楼。幸神志尚清，犹能读书作文耳。人云老年在回忆中过生活，诚然。弟昨日事今日即忘，而五十岁以前事却历历在目。为此，近日所作诗词，除应酬品外，大率为忆旧，兹录呈数首，即乞吟定。"原来他最后的岁月，竟是这样苦于寂寞。他录示的忆旧怀人的诗，有几首都是深情怀念他已逝的夫人的，例如：

悼亡三十年矣，遗剔梳银片一，

上镌"百年和合"四字

一寸乌银四字书，宝奁经劫未全虚。

拈来犹记纤红指，妆罢微聱细剔梳。

有怀念白苍山的：

怀白苍山

寒山修道院，久雨望新晴。油篓土墙影，钉靴石磴声。

茅篷朝受训，竹几夜谈瀛。往日怨艰苦，追思无限情。

此诗他写示时未标题，现在的题是我加的。女师学院以女校而僻处空山，当时学生嘲之曰尼姑庵修道院。山上多雨，人人必备钉靴以走雨路。校舍简陋，大礼堂是一座茅棚，宿舍所用桌椅大率竹制。如此艰苦之地，追思起来却有无限之情，其实可念的主要是当年的友朋师生之情罢了。

台静农先生是当年女师学院国文系主任，抗战胜利后去台湾大学，一九九一年十一月九日逝世于台北。白先生庚午除夕信中，说到这个噩耗时说："台老骑鹤，白苍旧侣，仅存吾兄与弟二人，伤逝之情难以笔罄。"他说的是当年女师学院国文系史地系同事中来往较多的几位先生，如柴德赓、黄淬伯、魏建功、罗志甫、台静农这几位，都已在最近十多年中先后逝世。当时我想到，白匋先生比我大十六岁，总会有一天轮到我来说仅存我一人，但又觉得这大概还是好多年以后的事。白匋先生虽是八十多岁的高龄，每封信上的字，还是工整得近于小楷，近年所作的诗词中还有几首长篇古风，句律精严，精力弥满，毫无老手颓唐之状，我给他的信说这些都是"寿征"，我真心如此相信。不料才一年之后，这些就成为遗札遗诗，我也是七十岁了，重新展对，近半个世纪的交游往事，历历都上心头，这些大概也是白先生晚年的忆旧怀人之中的内容吧。

我久已不学作诗，只能简质地记录下来，聊当遥祭，并帮助读白匋先生诗词者的理解。

一九九二年九月十八日

汪泽楷教授点滴

　　汪泽楷教授（1894—1959）是老革命家老学者，是我所尊敬的前辈，曾与我在南宁师范学院同事。一九四九年初匆匆一别，从此没有见过面，只是若断若续地听说他一九五七年也中了"阳谋"，加上"历史反革命"，逮捕劳改，死在狱中，一直不知其详。

　　一九九九年六月十二日，在北京师范大学举行的谭丕模教授诞辰一百周年纪念会上，遇着汪泽楷教授的小女儿汪力文女士，她送了一本纪念文集《劳人·汪泽楷》（中国人民政治协商会议湖南省株洲市委员会文史资料研究委员会编《株洲文史》第十七辑）给我，我回家仔细阅读，才了解汪泽楷教授的不平常的悲剧的一生，回顾我们同事的年月，曾经共历艰难，对于一些难忘的事有了新的领悟。

　　今年是汪泽楷教授诞辰一百一十周年，汪力文女士告诉我，《劳人·汪泽楷》经过修订，将在湖南人民出版社正式公开出版，要我也写一篇文章加进去。我答应了，我一向认为写这种文章是对死者的不可推诿的责任。尽管我在《舒芜口述自传》里已经把与汪泽楷教授有关的事大致谈过，但是那里谈得分散，这里可以集中些，而且有了《劳人·汪泽楷》中的材料，可以加上一些重要补充。

我与汪泽楷教授相识于一九四七年。那年下学期，我应聘到桂林师范学院任教。顾名思义，应该去广西桂林，但我却是去广西南宁。怎么回事呢？原来抗战胜利后，国民政府教育部命令桂林师范学院迁移南宁，改名南宁师范学院，尽管全院师生一致反对，还是迁去了。桂林师范学院是抗战期间创办的，桂林被称为"文化城"时期，进步教授云集桂林师院，风气所被，使学院获得"西南民主堡垒"之美誉。抗战胜利后，全国学生民主运动高涨。国民政府的对策之一，便是把桂林师院这样的学校迁移到比较闭塞落后地区，孤立起来，切断它在中心城市的影响。这样做法，毫无道理。各省的师范学院都设在省会，而当时广西省的省会仍然是桂林，为什么弄得省会没有师范学院，倒在非省会的边远城市南宁办个师范学院呢？（那时的南宁当然不能与今日的南宁同日而语。）教育部说不出任何理由。师院师生的反对占足了理，"复院迁院运动"在院内院外如火如荼地进行，谁都不敢公开使用出"南宁师范学院"的名义。院长曾作忠教授，因为反对迁院而辞职，教育部顾虑他一向深受师生爱戴，不敢批准他辞职，曾作忠教授不顾，径自离校去上海复旦大学教书。我接到的聘书上署名是"院长曾作忠"，没有见过他，始终未曾一面。没有院长的院内日常行政由院长室秘书代行，院务大政则由四位老教授会商主持，略有"教授治校"的意思。

主持大政的四位老教授是：国文系教授兼系主任谭丕模，理化系教授兼系主任谢厚藩，史地系教授兼系主任陈竺同，史地系教授汪士楷（汪泽楷）。四位里面，国文系主任谭丕模是我久仰的进步学者，我应聘到师院就是在国文系教书；其他三位先前都不知道，逐渐才熟悉起来。与汪士楷教授熟悉得最快，我们的宿舍紧贴邻，往来方便，他又与我妻子陈沅芷是湖南醴陵同乡，与陈沅芷的哥哥陈乃一是老朋友，好像多了一分"乡谊"加"世谊"。我们新婚不久，初建家庭，日常生活中得到汪泽楷先生和杜叔林夫人许多关照指点。一九四八年七月九日凌晨，陈沅芷在南宁小乐园医院分娩生产我们的长女方非，我在医院招呼完毕，回学校休息，汪泽楷先生和杜叔林夫人赶快过来，问知大小平安后，连声说："这就好，这就好！头一胎呀！叫人担心呀！昨晚我们一夜都没有睡好。"他这句话深深温暖着作为年轻父母的我们的心。

汪泽楷先生是马克思主义者，这是很快就清楚的。但是，由学生那里渐渐听说："汪士楷先生是托派。"那个时代，在苏联，以及在中国共产党掌握了政权的地区，"托派"还是十分严重的罪名，可以杀头。在中国国民党统治地区，国民党政权固然不大管你是"托派"还是"斯（大林）派"，但在左翼进步知识分子当中，在左翼语汇里，"汉奸托匪"还是相提并论，谁被指为"托派"，谁就会受到"敬鬼神而远之"的待遇。我听到学生的说法，也不免向谭丕模教授打听。谭丕模答复道："他的历史，我不大清楚，但是在北平的左翼文教活动里面，我们一向是在一起的。"有了谭丕模这样的政治保证，再看学生的态度，对于汪士楷老师也还是以尊敬的进步教授相待，我便放心与他相处。

当时师院还有一个全院一致进行的运动：营救杨荣国、张毕来两教授运动。两位都是中国共产党地下党员，半公开身份是中国民主同盟广西省负责人，一九四七年七月被广西当局逮捕，关在南宁监狱。恰好那个典狱长程葆华，作诗喝酒，风雅自命，标榜"爱才"，平时，杨、张家属的探监送饭，受到相当的优待。谭丕模他们不知道怎么打通了他的关系，于是有了特殊方式的探监：我们去监狱拜访典狱长，在典狱长办公室坐下来。典狱长命令狱卒："请杨先生、张先生出来！"阶下囚暂时成为座上客，大家在典狱长办公室里喝酒谈诗。及至我们告辞，典狱长一面送我们，一面命令狱卒："送杨先生、张先生回去！"座上客恢复为阶下囚。我与杨、张本不相识，谭丕模邀我参加探监，大概为了多一个人与那位典狱长作诗唱和。我曾几次追陪他们诸老探监，汪泽楷先生每次都是参加的。

《劳人·汪泽楷》里面，关于汪泽楷先生平生的革命历史：从留法勤工俭学（1920）起头，经过加入法国共产党（1920），参加筹建中国旅欧少年共产党（与萧朴生一道介绍邓小平加入中国旅欧少年共产党）（1922），到苏联莫斯科东方劳动大学学习（1923），归国担任中共安源地委书记（1924），中共豫陕区委书记（1926），中共湖北区委组织部长（1926），中共第五次全国代表大会正式代表（1927），南昌起义时期的江西省委书记（1927），中共第六次全国代表大会正式代表（1928），因为陈独秀派的缘故被开除党籍（1929），又参与陈独秀、彭述之等八十一人向中共中央呈交《我们的政治意见书》（1929），他这些大江大河波澜起伏的历史，纪念文集里面都有清楚的记载与回忆。这些他从来没有和我谈过，只有一次，不知道怎么忽然谈起：一九二八年他到莫斯科参加中共第六次全国代表大会，散会后，周恩来安排他暂时留在苏联，他说："恩来，我的骨头要埋，埋在中国，不能埋在外国。"这才回国来。（此事他跟我说得就是这么简单，《劳人·汪泽楷》里有详细叙述。）我问他，如果留在苏联会怎样？他说："那现在不知道在西伯利亚什么地方服苦役，或者早已埋掉了。"

有一次，汪泽楷先生对我说："今天到教室去辅导学生自习，看见学生在看《联共党史》，津津有味。我心想：这些学生娃娃可怜啊！他们哪里知道这么一本书是多少血写出来的啊！"我立刻敏感到，这可能是托派观点吧。当时我对斯大林还是没有丝毫怀疑，对汪泽楷先生的话不知道该怎样理解，没有接话，只好深藏心里，没有对任何人说。现在通读《劳人·汪泽楷》，也没有记下他这方面的内心真实思想，倒是有一九四九年以后他教人要读《联共党史》之类的话。我相信这也是事实，能领会他所以那样说的复杂心情，只是需要注解罢了。

汪泽楷先生谈过他与毛泽东同学时候一件逸事：现在通常知道毛泽东就读于湖南一师，其实他是先进湖南一中，后来才转学一师，而汪泽楷就在湖南一中与毛泽东同学。他说，毛泽东起床很早，宿舍采光不好，他起床后就站在宿舍窗口，就着光大声朗读韩愈文章。这同我的一种揣想很符合。我一向觉得毛泽东文章很有韩愈气味，可能他对韩文下过功夫，果然如此。汪泽楷先生说：一次，他在学校内看见一张"征友启事"的招贴，上面说征求志同道合的朋友，愿应征者请于什么时间到岳麓山爱晚亭相会，署名是"二十八画生"。他一猜，准是毛泽东，这三个字繁体是二十八个笔画。去了一看，果然是的。（多年以后，我才知道，毛泽东曾以"二十八画生"的笔名在《新青年》杂志上发表过一篇谈体操的文章。这个似乎汪泽楷先生也不知道。）

汪泽楷先生个人的历史，紧密联系着中国革命史的大波大澜，需要历史家做专门研究，不是我能随便谈论的。我特感兴趣的是纪念文集里面有汪泽楷先生的日记《劳人日记选》一件，其中有不少关于我的记载，都是他与我在南宁师范学院贴邻而居时候的事，这里汇录较重要的，略加说明——

今天只看《且介亭杂文》百余页。（1949年1月9日）

今天料理零杂事情以外，只看了几十页的《且介亭杂文》和一部分外文。（1949年1月1日）

《鲁迅全集》第六卷，包括《且介亭杂文》《且介亭杂文二集》《且介亭杂文末篇》及《附集》共计642面，今日把它看完了。集中有关史料的记载，另纸录出，以供参考《鲁迅全集》系1938年鲁迅先生纪念委员会编印（六月十五日初版），久想购置，均以缺款未遂。现从方管兄借阅而已。（1949年1月12日）。

鲁迅先生在近代文坛上占有相当重要的地位。他的著作是值得一读的。今天从方重禹君处借来《鲁迅全集》（共20卷）第一卷看了一百多页。蔡元培先生在序文中说："综观鲁迅先生全集……方面较多，蹊径独辟，为后学开示无数法门，所以鄙人敢以新文学开山目之。"此乃蔡氏知人之言也。（1949年1月15日）

晚间，和平、文共看《鲁迅全集》第一集中的《头发的故事》及《兔和猫》两篇。一面念，一面稍加解说。平、文两人感觉更有趣味。当时叔耘坐在旁边打鞋底，有时也插嘴解说几句，更是增加一种集体阅读的兴趣。因此，在平、文睡后，耘曾停下手工，和我共看《阿Q正传》数章。这篇东西，原来我们看过的，现在重读一遍，更加了解深些了。好书不厌百回读，即此可以证明。（1949年2月8日）

从方重禹君处借来《鲁迅全集》第二卷，其中包括《热风》《彷徨》《朝花夕拾》《故事新编》四部分。今晚把《热风》所收各文看了一遍，颇多令人感奋的地方。比如下面几句话，都是很对很对的——

1. 愿中国青年都摆脱冷气，只是向上走，不必听自暴自弃者流的话。能做事的做事，能发声的发声，有一分热，发一分光，就令萤火一般，也可以在黑暗里发一点儿光亮，不必等待炬火。

以后，如竟没有炬火，我便是唯一的光，倘若有了炬火，出了太阳，我们自然心悦诚服地消失，不但毫无不平，而且还要随喜赞美这炬火或太阳，因为他照了人类，连我都在内。

2. 无论甚么黑暗来防范思潮，甚么悲惨来袭击社会，甚么邪恶来亵渎人道，人类的渴仰完全的潜力，总是踏了这些铁蒺藜向前进。

生命不怕死，在死的面前笑着，跳着，跨过了灭亡的人们向前进。

甚么是路？就是从没有路的地方践踏出来的，从只有荆棘的地方开辟出来的。

以前早就有路了，以后也应该永远有路。（1949年2月22日）

今天看完《彷徨》和《朝花夕拾》约300页。读到关于祥林嫂（见《祝福》）、魏连殳（见《孤独者》）、吕纬甫（见《在酒楼上》）的记载，我的喉咙有些变哽，眼睛有些发红，颇有声泪俱下的情势了！（1949年2月23日）

看完《鲁迅全集》第四卷，又借来第五卷，接着又看了数十页《南腔北调》。（1949年3月1日）

许看《鲁迅全集》第七卷200余页。人客来往，不能安然连续看书，因此进度更是缓慢。（1949年3月25日）

日记里的方管、方重禹就是我。我一直想有一套《鲁迅全集》，抗战时期没有钱，也无处可买，后来勉强有力购买，仍然无处可买。不料在南宁一条僻静的小街上，一个很小的书摊上发现了。价钱不菲，大约相当于我一个月的薪水和津贴（四级教授）。我咬牙买了下来，很得意，告诉汪泽楷先生。他也很高兴，说早就想系统地读读鲁迅，约定从我这里一本一本借阅。他的日记里就这样认真记录了借阅的进程，和随时的读后感。我记得他把鲁迅小说和杂文全部借阅完毕，对我说过总评价的话："鲁迅真是了不起！只是晚年有那么一点偏见。"当时我敏感到，他可能是指鲁迅那篇《答托洛斯基派的信》而言，没有接话。现在看他的日记，他是从《鲁迅全集》第六卷借起，这一卷里的《且介亭杂文末编》正有那篇《答托洛斯基派的信》。不知道他是有意先借这一本，还是偶然的呢？反正他先读到那件公开信，总是事实。他并不因为"一言不合"便"废书不观"，而是倒回去从第一卷读起，认真读完，没有因为那一点而妨碍他对鲁迅的总体的崇高评价，不像现在有的人脱离历史，因那件公开信而苛责鲁迅。

《劳人日记选》里面还记载了一件我们共历的更大的事：反对院长黄华表运动。

黄华表是一九二七年蒋介石"清党"大屠杀中广西文教界的大刽子手，血债累累。抗战时期，一度到桂林师院教国文，不学无术，被学生赶走。后来不知何时投靠了国民党C.C.系，因而于一九四八年末被教育部派来任南宁师院院长，以这样的身份历史，明明来意不善，师院师生严阵以待。黄于一九四九年一月到任，当时蒋介石政权末日在迩，沉船上的狐鼠逃命要紧，首先要务是不择手段地捞一笔钱，所以他和师生的矛盾冲突不是在政治思想上爆发，而是在经济上爆发。当时物价如断线风筝，一日三涨，学生集体伙食已经无法维持，只好散为各个人（或二三人结伙）小炉自炊。反正全国解放在望，这样非正常局面不会长久，大家都是心照不宣。可是黄华表带了亲戚来办高价的"伙食团"，强迫学生加入。学生不加入，黄华表便以小炉自炊"影响校容"的借口，派他带来的训导主任李智亲自动手收缴学生的小炉子。学生对黄华表积蓄已久的怨气就这样触发，首先驱逐李智，宣布罢课。黄华表又克扣教职员一月份应该补发的薪水津贴。经过汪泽楷、吴家镇、金先杰、王西彦四位教授代表的一再力争，并决定要向教育部电报催促，才勉强发足。二月末，黄华表干脆躲起来，把教育部汇到的员工生活补助费三百六十万金圆券全扣住不发。这一下激怒了全体员工，于是《劳人日记选》里面有下列记载——

关于360万元薪水问题，屡经交涉，尚无结果。因此，由教授谈话会议决，除从360万中抽出90万暂维学院同学伙食，不得保留空额外，并请黄华表院长于四日午后四时以前回院办公，否则登报寻访，并电请教育部查访，促其回院。此外提议改选教授会理监事，以便处理事宜（即定明日午后二时召集教授会会员大会）。到会同事，发言踊跃，一切决议，几皆全体一致通过。（1949年3月3日）

本日午后二时在公寓八角厅举行教授会会员大会，除选出理事七人（吴家镇、马驹誉、方管、王西彦、金先杰、李世丰、及我），监事三人（谭丕模、谢厚藩及陈竺同），又候补理事二人（高天行、吴壮达），候补监事一人（谢起文）外，接受昨日教授谈话会各项，并决定即夜在本市《中央日报》和《广西日报》登出寻访黄华表院长启事及追究前天刘运桢秘书侮辱四位教授会代表（吴家镇、王西彦、金先杰及我）等。五时散会。（1949年3月4日）

今日上午教授会理监事举行联席会议，讨论各项工作，分配职务。结果理事会互选常务理事三人：马驹誉、方管及我；监事互选常务监事一人：谭丕模。致电教育部寻访黄华表行踪并请促其早日回院。午后二时半，教授会招待本市《中央日报》《广西日报》《南宁力行报》及《邕江晚报》的记者，报告黄华表从二月二十八日起不到院办公和寻访情况，黄院长到院以来的措施，黄院长对内对外的态度及关于教职员生活补助费的情形等。五时散会。（1949年3月5日）

师院教授会新选的常务理事三人中，国文系马驹誉教授是南宁本地的好好老先生，不大管事，大家选他有明显的"统战"用意，而且他住在校外，也不便参加日常事务；经常真管事的就是汪泽楷先生和我两人，加上常务监事谭丕模先生，就是以这三人为轴心。我的主要任务是起草各项文件（如上引日记中所记《致教育部寻访黄华表院长行踪并请促其早日回院电》，和在本市各报刊登的《寻访黄华表院长启事》等），实际上是个"机要秘书"式的角色，拿大主意的多是汪泽楷、谭丕模两位。教授会把事情向上级和社会公开之后，接着宣布罢教，与学生宣布罢课相配合，展开了全院一致的驱逐黄华表运动。妙的是驱逐的方式却是"寻访"。黄华表始终避居校外，我们越是公开"寻访"他，越是逼着他无法回来。中间有许多波澜曲折，包括黄华表向法院起诉教授代表，密电教育部要求解散学院，解聘谭丕模、谢厚藩、汪士楷、王西彦四教授等阴谋。最后是广西省政府主席黄旭初应教育部之请，从省会桂林来到南宁直接出面干预，以一方面谭丕模、谢厚藩、汪士楷、王西彦四教授被迫辞职，另一方面默契更换院长为条件，结束了风潮。谭、谢、汪、王是黄华表给教育部密电中指名要解聘的，其中王西彦虽然是我们一致的立场，在教授会理事会中并不经常参加轴心活动，只因为同黄华表的秘书刘运桢直接争吵冲突过，所以名列首要。我却没有名列首要，不知道什么缘故。黄华表出身桂系而投靠C.C.系，等于桂系的叛徒。谭、谢、汪、王一走，黄华表的院长也被免职，桂系当局一向善于玩这种一石二鸟的手段。

谭、谢、汪都是湖南人，王的夫人也是湖南人，他们离开南宁，自然都选择回归湖南长沙。据《劳人日记选》，汪泽楷先生于一九四九年四月四日雨中离开南宁，我就是在那天与他一别，并不知道是永别。以后我们没有直接联系过——不，有一次联系，就是他于长沙解放后出任民国大学校务临时委员会主席，发聘书来聘我去教书，我想去，南宁领导上不放我走，没有去成，除此之外，我们没有联系。因此，这里无法，也不必在这里详述他回湖南后的情况。看《劳人·汪泽楷》，大致知道他在促成并襄助陈明仁将军起义上起了极大作用，这个起义即是湖南的和平解放。解放后，他先是在湖南大学教书，然后在中南财经学院教书，一九五八年四月，因"右派言论"及历史问题，定为"历史反革命"在武昌被逮捕。一九五九年四月，汪泽楷以"反革命罪"被湖北高级人民法院判处徒刑五年，先在湖北沙洋农场，后在湖北潜江畜牧场服刑，一九五九年十二月二十三日病逝于潜江的监狱医院，年六十五岁，遗体埋在潜江广华寺广耽一桥公路西。最后于一九八四年照例得到学院和法院的"平反"。

我还说什么呢？

幸好还保存着他签署的给我的聘书一件，即以此作为唯一的纪念——

民国大学聘函教字第二五号

　　兹聘

方管先生为本校教授

　　此订

　　　　校务临时委员会主席　汪士楷

　　　　一九四九年十一月一日

二〇〇四年八月二十七日

一

月夜到京

一九五五年　管劲丞

急切舒徐辘辘声，旋旋灯火万星明。

筐囊检点终行色，萍水相逢有别情。

音乐送人留好意，时光同我到前程。

古来曾此诗心未，月夜驰车入上京。

　　一九五五年管劲丞先生从他家乡南通来游北京，一见面即以他这首诗相示。我读了极其喜爱，仿佛亲身感受到：长途火车马上要到达终点。车行不能像在野外那样一股劲地奔驰，得随着城市近郊街道，或直或弯，时快时慢。车轮转动声，也就时而急切，时而舒徐。车窗外，标志大城市的万家灯火，万颗星星似的，旋旋扑面而来。旅客纷纷收拾随身筐囊，结束行程。彼此萍水相逢，姓名未通，几天来并肩对坐，密切相处，此刻也有几分离别之情，互相殷殷告别。车上播送着热情音乐伴奏的告别词：谢谢乘客一路合作，请提意见批评，欢迎下次乘坐，等等。此情此景，只是现代旅行中才可能有，我还没有看到别的诗人歌咏过，黄遵宪的《今别离》里面也没有。何况，此番长途行程不是随便什么人，在随便什么时候，到随便什么地方，而是一位多年追求中国人民解放目标的老学者，在一个皓月当空之夜，乘着风驰电掣的火车进入他所向往的新建才六年的人民中国的人民首都北京。他不禁自豪地发问道：从古以来，曾经有过如此诗意豪情吗？是的，火车与乘客之间、旅客与旅客之间这样的友好关系，不是过去时代所能有的；套用当时流行的说法（好像是学自苏联的），只是"政治与道德上的一致性"在新中国国家与人民、人民与人民之间建立起来之后才会有的。

我与劲丞先生是一九四七年在风雨如晦的徐州分别的。我们都是江苏学院的教师。学生运动起来，我们支持。"徐州绥靖公署主任"顾祝同派出军队，荷枪实弹地占领了学校。"徐州绥靖公署"的机关报上登出消息："江苏学院此次学潮，据闻有该院某系主任等四教授从中煽动，顾主任正密切注视中"，云云。所谓"某系主任等四教授"，指中文系黄淬伯、管劲丞、方管（舒芜）、英文系杨先焘四人。这是一道驱逐令。我们马上同时仓皇离开，各奔前程。一别八年，天翻地覆，我们理想追求的目标实现了，我们第一次重见了，无论公谊私情，我们的欢欣兴奋可想。我将我的一首诗写出呈教——

暑中微雨夜起

一九五四年　方管

月落云停梦正痴，绿荫浓处雨丝丝。

半山灯火清歌里，一径蘼芜薄醉时。

曾是当筵能说法，只今对景不成诗。

流星划破银河界，大夜涛翻万感迟。

劲丞先生很快步韵见和——

次韵重禹暑中微雨夜起

一九五五年　管劲丞

十年回味几曾痴，揽镜微憎鬓有丝。

晚景所期开夕秀，高文有责颂明时。

无穷启发新型事，一往清扬旧体诗。

我愧怠荒惭巧慧，急追健足敢嫌迟？

他回顾自己新中国成立前后十年来的追求，肯定自己的道路没有走错。现在虽然渐近老年，仍然要努力奋进。他指出我有责任以文章来歌颂这个光明时代，也就是婉转地批评我没有尽到这个责任。他希望我多多从新社会新人新事中接受启发教育。我读了，觉得我的诗中的迷离怅惘的情绪，的确不大健康，很感谢他的诚恳规劝批评，可是也没有深想。两年之后，我被打成了"右派"，就常常想起他的"高文有责颂明时"之句，非常后悔，为什么新中国成立后逐渐忘了"歌颂还是暴露"这个根本问题呢？今后努力改造，可要时刻牢记才是，对劲丞先生的情谊更加感激。

二

我与劲丞先生是抗战胜利后相识的。

抗战期间，我流亡在大后方；一九四五年抗战胜利，次年，我从四川出来到徐州，应江苏学院中文系之聘去教书，得与劲丞先生同事。劲丞先生抗战期间没有去大后方，一直留在他家乡南通和上海一带。江苏学院中文系主任黄淬伯教授，也是南通人，与劲丞先生从小同学，而我是给淬伯先生当助教出来的。论行辈，论年龄，劲丞先生都是我的前辈师辈。可是他非常谦虚，对我完全平等相待，要我把他看作一个老哥哥，这完全是真心话，他说到做到。他是中国古典文史研究专家，也关心新文学，我们闲谈起来有许多共同话题。我从他的介绍，才略知孤岛上海的文学界大概情况，第一次听到张爱玲、苏青、梅娘的名字。

劲丞先生将他的诗给我看，我很喜欢。那时不知天高地厚，自以为会作诗，也拿出来向他请教。承他降格相待，常常与我唱和。现在检点旧抄，我们的第一次唱和是——

曾　为

一九四六年　管劲丞

曾为推移慨一偏，当时两地却同天。

天憎幸胜翻加祸，人到佯狂岂是贤。

古帝称尊先九锡，春蚕作茧历三眠。

何须抚事悲来者，破烂乾坤剧可怜。

　　这是劲丞先生他回顾自己抗战前后的经历和心情变化。他抗战期间留在敌后，虽然与大后方隔绝，但是与大后方的同胞目标一致地争取抗战胜利。现在胜利了，这个胜利却是侥幸得来，老天也不容。蒋介石坚持反动独裁，一意孤行地召开蒋记"国民代表大会"，为他铺好当大总统的通道，好像古代权奸要篡位当皇帝，先来一套"九锡"的把戏。弄得内战四起，民不聊生。如此破烂乾坤，哪里像个胜利的样子？我和韵云——

曾为一首次管劲丞先生韵

一九四六年　方管

碧水青山契赏偏，偏随归棹看长天。

文章有价来今雨，心事无遮待后贤。

草长莺飞春渐远，星沉鸡唱我初眠。

人间一夜商音发，听到巴歈倍可怜。

我居然自命"文章有价",太狂妄了;居然用上"来今雨"的典,又实在没大没小。我把这首诗寄给已经去了台湾大学的台静农先生看,他回信只说"星沉鸡唱我初眠"一句的确写出了我那时深夜才睡的习惯,我懂得,这是说这首诗没有一句可取的。

徐州街上有一家咖啡馆,好像是为军人开的,非军人也能进去。我们抱着"看看你们在搞些什么"的心情,进去坐了一回。看见那里设备很简陋,地方很小,几个国民党空军军官,有的在跳舞,有的在喝咖啡,神情都很颓废。喝咖啡的每人抱一个舞女在膝上。外面有勤务兵进来,立正敬礼,报告什么。军官仍然怀里抱着舞女听,毫不避讳。我于是作了这样一首——

夜坐徐州咖啡馆,看空军跳舞
一九四六年　方管

四达雄邦帝子家,一宵灯火斗妍华。
曾沾故国啼鹃血,来对惊风扑面沙。
蜀锦早裁屠沽服,并刀难剪亚枝花。
小楼歌舞春如在,醒眼能看思正赊。

劲丞先生和韵道——

次韵重禹夜坐徐州咖啡馆

一九四六年　管劲丞

舞榭歌场接酒家，冰弦玉管说繁华。

云飞赤帝千年怨，风起黄河万斛沙。

此地但闻前进曲，何人重谱后庭花。

世间行乐嗟常晚，灯影婆娑兴自赊。

两诗都对咖啡馆里那些国民党军官冷嘲热讽。劲丞先生诗中说"此地但闻前进曲"，是不是咖啡馆里伴奏的舞曲居然是《义勇军进行曲》呢，我倒没有注意，那真是滑稽了。

劲丞先生将他的诗集手稿本《江淮集》见示，我题诗云——

读南通管劲丞先生《江淮集》

一九四六年　方管

风骨谁教近放翁，西迁南渡事还同。

十年吟啸兰荪怨，奕世嚣张虎豹丛。

吴国虫沙埋折戟，荆王宾客笑遗弓。

江淮百万哀民血，化到诗心色更红。

劲丞先生和云——

谢重禹题《江淮集》

一九四六年　管劲丞

曾炷心香拜放翁，曾申私祝九州同。

原知宫羽为殊调，岂谓薰莸共一丛。

力士已空屠狗市，词人徒负射雕弓。

感君题我江淮集，槛外明霞散晓红。

他肯定了我的"风骨近放翁"的评价，我很高兴。

一九四六年十二月，国民党政府明令查禁一批刊物，其中有我经常发表文字的《希望》杂志。劲丞先生见到报载消息，非常愤慨，作诗赠我云——

读十二月二十四日上海大公报赠重禹

一九四六年　管劲丞

卜祝俳优术不殊，周旋廊庙属诸儒。

盛年意气饶希望，乱世声威有禁书。

我辈当然非圣哲，谁何凭此取公孤。

周王弭谤秦皇火，俯仰千龄作计疏。

我答诗云——

次韵劲丞先生读十二月二十四日上海大公报见示
一九四六年　方管

九鼎脂膏味自殊，珍馐况有席中儒。

黄图恰作迷楼记，清议居然劝进书。

乱法文章光不灭，知音天壤道宁孤。

冬来一例霏霏雪，爱看山头万木疏。

当时国民党一面召开蒋记"国民代表大会"，一面加强镇压舆论。我们两诗中所谓"廊庙诸儒"，所谓"席中儒"，都指积极参加蒋记"国民代表大会"的胡适，以及民社党、青年党的政客。他们为蒋介石当"大总统"捧场铺路，等于上"劝进书"。那几个政客虽然"凭此取公孤"捞到高官厚禄，其实只是蒋介石的政治玩物，地位只在"卜祝俳优"之间而已。

徐州的名胜古迹很多，其中之一是燕子楼故址，实际上只有一座荒园。我与劲丞先生同游后作了一首诗——

访燕子楼故址
一九四七年　方管

黄风白草吊青春，一例芳时委暗尘。

飞土欲诛玄鸟氏，微吟难颂守楼人。

荒园惨惨魂仍在，大宙沉沉梦未真。

亘古胭脂夸北地，不堪重现女儿身。

燕子楼以关盼盼得名，确切地说，以白居易关于关盼盼的《燕子楼三首》得名。关盼盼是唐代武宁军节度使张建封的"爱妓"，（《丽情集》作张建封，后来流传都作张建封，学者考证应是张愔，此仍依流传作张建封。）燕子楼是张建封家的楼馆。张建封死后十多年，关盼盼还"念旧爱而不嫁，居是楼十余年，幽独块然"（《燕子楼三首序》），白居易乃作诗咏之，似乎是褒扬她，可是白居易还有一首赠关盼盼诗云："黄金不惜买蛾眉，拣得如花三四枝。歌舞教成心力尽，一朝身去不相随。"（白居易集里面，此诗题为"感故张仆射诸妓"，没有明确题为赠关盼盼的）据说关盼盼见诗后，"往往旬日不食而死"。我不喜欢这个故事，不喜欢白居易这些诗，觉得关盼盼不过一个"家妓"，连妾的地位都够不上，主人宴客时，"酒酣，出盼盼以佐欢，欢甚"（同上）而已；主人死了，还来褒扬她"念旧爱不嫁"，已经残酷，何况还直接责备她没有跟着主人死呢。（不管那一首诗题如何，反正认为"爱妓"应该跟着主人死，认为主人死时"蛾眉"们没有跟随死去是莫大遗憾的观念是一样的。）劲丞先生次韵道——

次韵重禹访燕子楼故址
一九四七年　管劲丞

楼空燕去亘千春，凭吊空梁落细尘。

112

史笔不褒轻死士，诗章偏讽未亡人。

长河移徙余沙在，旧第荒残古迹真。

窃怪江州白司马，何因特重女儿身。

完全同意了我对白居易的谴责。

一九四七年二月，学校放寒假，我离开徐州，绕道南京回桐城度假。劲丞先生留在徐州没有走。我寄他一诗云——

归桐城度寒假，念劲丞先生独留徐州

一九四七年　方管

一觉雄京到眼来，心期好为故人开。

留连总为清宵话，酩酊难辞浊酒杯。

谋国昏昏都可杀，瞻天梦梦不成哀。

回头北望徐州路，寂寞风尘失暂陪。

劲丞先生次韵云——

次韵重禹归桐城度假见忆之作

一九四七年　方管

二月风沙替雨来，荒园也有野樱开。

挽强直欲穿三札，尽醉何辞举百杯。

昏世侯王皆致富，醒时家国可胜哀。

南都依旧湖山好，愿得清游几度陪。

我与劲丞先生徐州唱和诗，以上所录，似乎还未必是全部。例如一九四七年四月五日，我们同游云龙山，我有"枝"字韵七律，自己曾一叠再叠，估计劲丞先生会有次韵，却没有记录，究竟是真没有，还是我没有抄，现在说不清了。

三

自从一九五五年与劲丞先生一别，两年后我成了"右派"，从此埋头努力改造，时时默念先生的"高文有责颂明时"之句，觉得愧对先生。这中间，友人陈迩冬五十大寿，我作诗祝寿，中有"明时好待高文颂，知命知非两未穷"一联，简直是偷劲丞先生诗句，虽然意思略别。尔后，人海波涛，风云万变，我的处境每况愈下，与先生断绝了联系。想象先生在"文化大革命"中不会少受冲击，粉碎"四人帮"后，情况渐好，先生大概也有一段时间可以安度晚年吧。

完全没有料到，二〇〇二年末，忽然接到南通博物苑金艳女士的电话。她从我的一本自传中知道我与劲丞先生的关系，要我写纪念劲丞先生的文章。接着我们通起电子邮件来。二〇〇二年十一月九日，金艳女士的第二封信中说：

管劲丞先生原做过南通博物苑的馆长，"文革"中夫妇俩走时悲惨而凄美，我刚进博物苑时一看过管劲丞先生的事，就牢牢地印在了脑中，直到今天当时阅读的感觉还像刚刚发生的一样。

我大吃一惊。"'文革'中劲丞先生夫妇俩走时悲惨而凄美"，这是怎么一回事呢？赶忙去信问。二〇〇二年十一月十三日，金艳女士来信道：

管劲丞夫妇的事是这样的：据年纪大一些的人讲述，他们夫妇是很文静的人，平时生活极为干净、整洁。"文革"开始后，他们常受到各种批判，二人不堪忍受这样的野蛮，不知是什么时候有这样的打算的，一个平常的下午，夫妇俩吃好晚饭，收拾停当，走到北濠河（濠河是南通的护城河，绕城一周，北边河面较宽，人相对稀少），各自绑上石头，用一根红线（据说就是平常的红毛线）连系着彼此的手腕，就这样走下了河……人们发现时，他们离岸边并不远，可就这样走了。

二〇〇二年十二月二十七日，金艳女士又来信道：

今将与张柔武老师的一次通话记录寄您。张柔武老师是张謇先生的孙女，生于一九一九年农历四月九日。前段日子我在图书馆查管先生的诗集时，恰逢张先生找我，告之原委，于是有了下面的谈话：

"'文革'中，我被扫地出门时，被指定住去管老家楼上，地点在丁古角35号，当我去联系时，知道是我将住去，老夫妇高兴地说：'是柔武同志来住，太欢迎、太欢迎了'，他们自住楼下，让我住楼上，当时楼上东房放有大铜床、梳妆台、衣橱等；西房有八张书橱，其中四张是一般木料的书架和写字台；中间客堂内放着神柜和三张方桌、几、椅，三间房屋内家具放得满满的，使我觉得为难，只能从濠阳小筑家里搬去很少的睡床、桌椅等，没搬衣橱，还是后来有人说'不拿衣橱，衣服怎么放呢？'我才又回去搬了一张最小、最差的衣橱，后来，逐步步地经我家人，代两老将他家的家具移到楼下去。管老对我说'我们不知是谁来住，本来考虑另开小门分开出入，现在是你来住，就不用另开门了'。

　　"我们被指定在9月30日搬去（66年），老夫妇对我们的处境也很同情和关心，听我说银行内的存款也被冻结了，立即对我说：'不要怕，我们还有三四千元钱存款呢，若有用处，尽管告诉我们。'当时我非常感动。

　　"没二三个月就发生了意外。那天午后我下楼去校劳动改造，经过他家餐间时，他们待在桌旁，用眼神示意我进去，我进去了，两老告诉我'今天下午三点要开他们的批斗会'，神情显得很紧张，我叮嘱他们'要沉着'，叫他们别害怕，便去校了。因为我也受监督，不能迟到，说了几句就赶紧去学校劳动了。

　　"那天下午就在他们家边的'大王庙'开的群众批斗会，等我下班回来，他家保姆桂姑娘告诉我：'吃过晚饭后，他们叫我带外孙女（管信芳之女）出去买草纸，然后送她去亲戚家玩，现在都六点多了，他们两人不知到哪里去了。'我一听，心情上有些紧张，立即让两个孩子骑自行车分头去找，保姆也报告了派出所，他们也找，没找到。一直到午夜后一点钟左右，在北濠河畔找到，很惨。管妈妈身上穿着灯心绒外衣，身上系着石头，两人的手腕用红线连系着，伏在岸边，就脸浸在水里，身上的衣服还是干的，真惨。

"保姆和派出所联系，把两老的用房封了，保姆睡到客堂里。女儿管信芳在外地工作，赶回来奔丧，但是派出所不允许撕去封条、打开门，管信芳只好用门板铺床，没有枕头，我从楼上拿了枕头给她用。在两老遗体火化后，管信芳最后离开南通时不知是找谁借了40元路费才回苏州去的。

"后来他家的家具、财产都由派出所、居委会负责人和那保姆不知如何的支配了。

"管老曾亲切的对我说：'我还要写你祖父，身为旧知识分子，却作出这般大事业来，很了不起，非常了不起，我一定要写的。'"

原来如此。

那么样地为新中国欢欣鼓舞的管劲丞先生，在新中国成立才十七年之后，夫妇俩竟然是这样"悲惨而凄美"地逝去的。"文革"中死于非命的，有很多比他们更悲惨，而像他们这样凄美的，我还是第一次听到。这个凄美，使得悲剧更加成为悲剧。

在劲丞先生的悲剧里，有几个关键词：南通，张謇，大生纱厂。这些名字，对于我都不陌生。南通与桐城虽然相距遥远，但是颇有文化与经济上的联系：桐城派末一个代表作家、我的外祖父马通伯（其昶）先生，与南通范肯堂（当世）先生是连襟，也就是说，范肯堂先生的继配、女诗人、教育家姚倚云女史（通常被尊敬地合称为"范姚"）是我的外祖母的妹妹。范、姚夫妇二位皆为声名超出南通地域的名人。南通还有一个更大的全国性的名人：张四先生——张謇，字季直，状元，实业家，开办大生纱厂……这些都是我从小习闻的。后来更知道桐城几个大家，经济上都同大生纱厂有些联系，持有它的股票。抗战期间，我给黄淬伯教授当助教，恰好他又是南通人，从他身上，非常明显地看到张謇的道路，对于南通乡风土习的巨大影响，使得南通后辈知识分子大都对于实业救国、实业文化深感兴趣。"文化大革命"中，我听说过，南通曾经把张謇的铜像拿来游街后毁弃，后来彻底否定"文化大革命"，南通又重建了张謇的铜像，等等。

原来，劲丞先生当年被批斗的主要"罪行"，就是他写了一篇论文：《张謇在辛亥革命中的政治活动考实》。

据穆煊《文史忆旧·以身殉史的管劲丞》介绍，大致情况是：自从一九五九年周恩来倡导开展政协文史资料工作，南通市政协团结联系了一支文史队伍，管劲丞先生是这支队伍的中坚。在中国近代经济政治史上，张謇及其创办的"大生资本集团"，有很重要的作用，南通地方史上当然要着重研究。管劲丞先生在这方面也做了大量工作。一九六一年十二月二十六日，上海《文汇报》发表了徐仑的论文

《张謇在辛亥革命中的政治活动》，认为张謇是破坏辛亥革命的。于是，管劲丞先生写了《张謇在辛亥革命中的政治活动考实》一文加以反驳。此文除了有油印稿供讨论，劲丞先生做过这个内容的学术讲座外，劲丞先生生前根本没有公开发表。然而，"文化大革命"一来，此文就成了"管劲丞为张謇翻案"的主要"罪行"。

劲丞先生这篇文章，据我粗读的印象，完全是平心静气的历史学讨论。他的意见对不对，我这个外行，没有发言权。退一万步来说，就算历史上张謇完全是破坏辛亥革命的，就算劲丞先生的意见完全是错误的，又犯了什么罪呢？再退一万步来说，就算有罪，文章还没有正式发表，仅仅是稿本，又何至于辱之至于斯极，使得夫妇双双自沉呢？这些迂腐的问题也不必提了。使我沉思的是，先生与夫人决定自沉时，究竟是什么样的心态？

从金艳女士转述的张柔武女士的叙述来看：当时张柔武女士作为张謇的孙女，竟然被扫地出门，存款全部冻结；而对于管劲丞先生夫妇的批斗会，不是机关单位举行的，而是在他们家门附近的街道上举行的；劲丞先生夫妇死难后，家门就被派出所封了，女儿奔丧回来都进不去，存款也被全部冻结了，女儿只好向人借了四十元才有路费回自己的家。这些情况，结合我先前听说的将张謇铜像游街后毁弃等等，都使我能够想象：张謇一案，在南通的"文化大革命"初期，大概是全市第一大案，对张謇后裔的斗争，是和斗争现行头号大恶霸地主一样规模，一样做法。管劲丞先生居然撞到这个枪口上了，不可不谓为三生有幸。

那么，这是偶然，还是必然呢？

四

完全不是偶然的。——我读了金艳女士给我发来的管劲丞先生的诗集《江淮集》，便得出这个结论。

《江淮集》我在徐州读过，题过诗，已见上引。南通市图书馆现藏手写本，不许复印，金艳女士用数码照相机拍摄了，给我发来。此本是否我在徐州所见那一本，记忆已经模糊。这是残本，只有第一、二两卷完整，第三卷未完便残了。时间截止于抗战还没有胜利，没有到我们在徐州共事的时候，更没有徐州别后的。残缺的原因，不得而知。这使我有些失望，但是，读这个残本，仍然大有收获。

首先，在徐州时，劲丞先生曾告诉我：他有得意之句："枨触寒天坚一念，凝泥为石水为冰。"是敌后抗战形势艰苦之时，一个冬天，看见一处正在铺设水泥，想到水和泥本是最稀松柔软的东西，然而正是在这个最寒冷的时候，它们马上就会凝成最坚硬的东西，如同人在艰苦中的锻炼，而有此作。我也很欣赏这两句，当时没有问他全首，后来每觉遗憾。现在看到全诗了：

寒夜灯下作

弥亲弥暖读书灯，掇拾声华病未能。

枨触寒天坚一念，凝泥为石水为冰。

果然是好诗，也预兆了诗人的命运。

充满先生诗中的，是他对他家乡南通的无比热爱——

堤　上

行行茂树护平畴，树外长江滚滚流。

未许诗人凭耳食，绿杨城郭是通州。

他认为诗人们只知道"绿杨城郭是扬州"，乃是只凭耳食之谈，真正的"绿杨城郭是通州"，他要为家乡争取应得的美誉。他特别赞美家乡的水——濠河、崇川：

待归濠上千间厦，长爱溪边十亩阴。（《和顾怡生师寄鸿杰表弟韵》）

濠上风流不可寻，遥知高树又浓阴。（《追怀李素伯君》）

濠滨消息萦春梦，海角宾朋足妙词。（《读顾怡生师海滨诗册即寄呈代柬》）

旧德城南莫比先，门前垂柳媚崇川。添楼定许观山远，近市尤宜得地偏。自有禽鱼供趣味，时饶蔬笋洗新鲜。郑乡今见黄巾人，倘为扬雄惜一廛。（《顾怡生师书来谓城南宅地有没落之忧慨赋一律》）

然而，水能娱人，亦能死人。于是有《耿耿一首为追悼顾湘作》，诗序云："余友顾捷军之子顾湘于二十六年八月十八日以避祸没南通北濠，援起竟不复甦，其去亡儿通一之逝未四月也。"先生这么屡屡赞美的濠河，终于也就成了他们夫妇归命之地。

金艳女士还给我寄来管劲丞先生遗著《南通历史札记》，南通博物苑、南通市图书馆编辑出版。由此书的《前言》，我才知道，管劲丞先生著作有单行本《南通军山农民起义史料》《南通方言俚语汇编》，论文《"月湖琴盒"正误》《南通狼山骆宾王墓的真伪问题》《柳敬亭通州人考》《李方膺叙传》《李方膺史料考》以及那篇《张謇在辛亥革命中的政治活动考实》等，这本《南通历史札记》则是把他的丛残遗稿编辑而成。内容分为"地理变迁""自然灾害""人物事件""文物古迹""风物掌故"五大类，共一百九十三篇。这真是把南通历史的古与今、人与物、自然与人文、天灾与人祸……方方面面，纵纵横横，全都研究到了。所征引书卷之浩博，令人佩服无已。原来管劲丞先生毕生都献给家乡历史的研究了，（此外他还有毕生致力的《管子校注》《董西厢校注》，可惜没有出版，全稿已经片纸无存。）大概他要著作一部最完整最立体的南通史，倘使没有对于家乡的热爱之心，是做不到的。

劲丞先生对张謇研究的兴趣，同样出自对家乡的热爱。他有诗曰：

啬公墓

百亩园林以墓名，纪功华表石坚贞。
典型早有良金铸，一角江山属老成。

他是把张謇看作对于家乡有功的先正典型，所以他对张謇的孙女说：“我一定要写写你的祖父，很了不起，做了那么大的事业，我要写的。”他写了《张謇在辛亥革命中的政治活动考实》之后，还打算再写三篇，分别谈论张謇的企业活动，教育、政治思想，和张謇的阶级属性，合称《张謇历史四谈》，后来当然无从谈起。

劲丞先生的悲剧，正因为他太热爱家乡，太热爱对家乡有功的历史人物，所以，当家乡的土地人民受难时，他就必然不能不伴同一起受难。穆煊先生品题为“以身殉史的管劲丞”，这个品题非常恰切。历史研究不单纯是书斋里面的事情，往往需要付出血的代价。劲丞先生当年以霁月光风的诗心欢颂明时，他真心相信中国历史的新页初翻；后来他们二老从容选择清流双双自沉，所殉的是令他无限痛心的乡邦历史的屈辱断灭。

我一个外地人，冒昧在这里建议：南通博物苑里，是不是应该有这样一位以身殉了南通历史的学者的铜像呢？

二〇〇三年一月二十五日

附 记

此文写成后，金艳女士又陆续将她所得到的关于管劲丞先生的遗闻旧事见告。可惜都来不及补进去。但有一件事，我认为必须补出，现在将原信附录如下：

"造反派"抄完管家后，管劲丞先生在一片狼藉的现场捡到一册散出的《通州志》，这是康熙版《通州志》中的一册，全套六册，当时可能已是孤本，为管先生的珍藏。于是管先生拿着这本《通州志》去找"造反派"，告诉他们："这《通州志》一套六册，至为珍贵，分开了就失去了它的价值，请你们将这一本归到抄走的那堆书中去。"当然，那些"造反派"谁也不理睬他，只觉得其行为怪异，将他视为疯子。百般无奈后，管劲丞先生来到市图书馆，找到了当时在图书馆看传达室的王西农老先生，王西农原是张謇家修整图书的人员，管劲丞告诉了他这本书的珍贵，并叮嘱他："你在图书馆工作，将来一定要想办法让这套书团圆。"王西农收下了书，后来这套书终于在图书馆团圆并保留下来。但，据说第二天管劲丞先生夫妇就投河了！他们走的这一天是1966年10月26日，这一天也是管劲丞先生之夫人王敬婧的生日。

这还有什么话可说？严肃掩住我们的口了。

二〇〇三年七月十四日

忆杨荣国教授

　　"文革"初期，广州中山大学造反派到北京来向我调查杨荣国教授。调查者说："你和杨荣国的关系非同一般，我们掌握了你送给他的黑诗。"他们拿出一片纸，上面抄了四句诗：

　　　　相识此何地，平生岂易经？
　　　　匆匆谈旧事，默默度心音。

　　调查者问："这是不是你送他的？"我说"是"。调查者追问："你们在什么特别的地方相识的？你们一相识就匆匆谈什么旧事？你们还在默默之中度什么不可告人的心音？你要好好交代揭发！"我于是向他们叙述了当时的情况。

　　那是一九四七年大约十一月间，我到广西省的南宁第一监狱，探看关在那里的杨荣国、张毕来两位，诗就是探监后作了送他们的。原是五律，调查者只抄出前四句，后四句不知为什么没有抄，我也想不起了。那时，我应聘到南宁师范学院国文系教书。该院是抗战期间在当时广西省省会桂林办起来的，名叫桂林师范学院，林砺儒、陈翰笙、穆木天、欧阳予倩、曹伯韩、宋云彬等著名进步文化人都曾任教，形成民主进步的政治学术风气，有"西南民主堡垒"之称。抗战胜利后，广西省省会仍在桂林，而国民党政府教育部下令将师范学院迁到南宁，改名南宁师范学院。此举毫无理由，南宁当时只是一个边地小城市，专员公署所在地，交通不便，办高等院校的条件极差。全院师生反对。院长曾作忠教授辞职离校抗议，教育部不敢批准，院长仍由曾作忠挂名，日常行政由秘书代理，大政则由各系主任，特别是理化系主任谢厚藩教授、国文系主任谭丕模教授、史地系主任陈竺同教授三老共同主持。我去时，院内有两大运动，一即"复院暨挽留曾院长运动"，一是"营救杨荣国、张毕来两教授运动"，也都由"三老"出面领头。杨荣国是在师范学院史地系、张毕来在师范学院国文系任教，并以中国民主同盟广西省负责人的身份在社会上公开活动。一九四七年十月，国民党政府下令解散民主同盟，杨、张被捕，关在南宁第一监狱。师范学院学生展开群众性的营救运动，教授则进行上层活动，互相配合。上层活动之一，是与南宁第一监狱典狱长应酬往来，诗酒唱和，借此得到探监的便利，杨、张在狱中也可以受到一些优待。那位典狱长名程葆华，字棣之，湖北浠水人，好作诗喝酒，喜欢结交教授文人，自称"平生爱才"。谭丕模他们最初是怎样打通这个关系的，我不知道。我到校不久，谭丕模便邀我参加探监活动。我与杨、张本不相识，谭丕模是看我能做一点旧诗，便于同那位典狱长应酬。那天我随谢、谭、陈三老同去，我们并不说是来探监，只说是拜访典狱长。典狱长自然明知来意，招待我们在他的办公室坐下后，立刻按叫人铃，叫来狱卒，吩咐道："请杨先生张先生出来。"又下令备办酒肴。于是杨、张由阶下囚暂变座上客，大家一同坐在典狱长的宽敞的办公室内酌酒谈诗。谭丕模将我介绍给典狱长，又介绍给杨、张，我与杨、张就是在这样奇特的场合相识的，所以我的诗说："相识此何地，平生岂易经？"彼此自然不能深谈什么，只能略略提到一些共同认识的老友旧事之类，所以我的诗说："匆匆谈旧事，默默度心音。"谈到红日西斜，我们告辞，典狱长一面殷勤礼送我们，一面又叫来狱卒下令："送杨先生张先生进去！"他们这两位暂时的座上客便又恢复为阶下囚。这样奇特的探监，后来还有几次。更经常的是杨夫人陈慧敏、张夫人夏云每天去监狱送饭，可以直入囚室，从容共餐，然后携餐具回来，我们与杨、张与典狱长之间的诗章唱和，就由两位夫人带来带去。确切地说，参加唱和的只是张毕来、谢厚藩、陈竺同、典狱长和我，而杨荣国和谭丕模都不作诗，我们唱和诗中，颇有一些牢骚愤激之语。记得张毕来有一首狱中度除夕的诗云：

处处歌吹沸九天，此中有客独潸然。

劳人草草兼程马，往事依依绕树烟。

万念俱消存夜气，一灯如豆送残年。

不如归去归何处？有梦今宵问杜鹃。

又有一首云：

蛙鼓十年零落时，空余振臂闹春池。

梦中喜听鸦迎客，觉后惊疑鬼督师。

大夜稽天昏草木，明王临水问公私。

（末二句失记。后来问作者，他也记不起。）

"大夜"句说当时国民党统治区无边黑暗。"明王"句指蒋介石为晋惠帝一流的无道昏君。我赠张毕来长诗，中有云：

座中齐默默，不是伤离别；

春讯到南天，还飞六月雪。

雪里自无春，春深雪更深；

迎春春不到，都是雪中人。

是说当时解放军已转入战略反攻，人民兴奋欢迎，而蒋介石加强反动统治，冤狱遍地，恐怖空气笼罩社会。结尾云：

我曾追随但丁之后游地狱，

狱门高榜见之心战栗：

"凡来此者一切希望皆必掷弃之。"

俊杰英豪总无力。

又随我佛坐华盖，闻说人间大苦海；

若非灵山雪岭遁虚空，

孽锁缘枷总难解。

狱中狱外既一例，我便为君陈妙谛：

绝望何如竟作希望看，

千夫所指横眉瞑目偏相对。

我歌到此灯乍灭，大宙沉沉万声歇；

如磐夜气压重楼，我亦休歌迎碧月。

更是极写当时之黑暗，直指程葆华典管下的监狱为地狱，以及整个蒋管区皆为大地狱，我们共勉要以鲁迅式的横眉怒目对待之。这些唱和诗篇就由两位夫人每天送饭时公然带来带去，未必典狱长全都看到，但也没有有意避开他，他若看到自不会看不懂，他参加唱和的诗笺也是由两位夫人带回来。一九四八年下学期，国民党政府教育部批准了师范学院曾作忠院长辞职，派了该部督学唐惜分来继任院长。唐惜分一来，便以院长身份出面，将杨荣国、张毕来从监狱中保出，回校继续任教，此举很受师生欢迎，学生开了盛大欢迎会，营救运动算是胜利结束。唐惜分还办了几件很有手腕的事。他只做了一个学期的院长。一九四九年上学期，广西省有名的反共老手黄华表便被派来接任院长，很快激起了全院师生的强烈的驱黄风潮。此是后话。不少人认为，唐惜分之来，其实是为黄华表做一个过渡，所以唐是单身前来，未携家眷，他在任一学期内使用的手段以软功为主，保释杨、张便是一大见面礼。

我向调查者谈的，当然不可能像上面这样详细，但大致要点都谈到了。调查者不相信，骂我不老实，还在美化国民党监狱和典狱长，美化我自己和杨荣国。我说的这些都是事实，虽然谢厚藩、谭丕模、陈竺同三老都已逝世，程葆华也不知在不在，但杨荣国、张毕来都尚在，完全可以去核对。纠缠了一番，调查者终于没有得到他们所要的材料而去。

还有一件事，我没有向调查者谈，本来也与他们所要调查的毫无关系，就是新中国成立后，那位典狱长程葆华还来找过我一次。那是一九五七年夏，他不知怎么知道了我在北京的宿舍地址，突然登门来访。他说，解放后坐了几年监牢，后来放出来，是得了他的湖北同乡革命前辈董必武之力，董老对他是了解的，云云。他还说，他在监牢里表现积极，学习时他积极担任读报，受到表扬。他来看我并无所求，只是看看谈谈。但是，我实在没有心思听，因为当时机关里反右运动正在热火朝天地进行，我正被批斗得昏天黑地，天旋地转，哪有心思去听他那些事。何况我对他新中国成立前的政治情况并无所知，除了知道他的官职是省级监狱的典狱长而外，并不知道他在组织上究竟是哪一路人物，我已面临灭顶之灾，岂敢再招惹是非？我当然不能以我当时的真实情况告之，他似乎对此也毫无警觉，只管谈他的事。我心不在焉地听着，支支吾吾地应着，最后求之不得地把他送走。那是我同他最后一面，再也没有听到他的消息，不知他何时去世的，不知他是不是终于从报上看到我成了"右派"，恍然明白我那天对他为什么那么冷淡尴尬的原因。但是，我自问，即使不是在一九五七年，即使我未被打成"右派"，新中国成立后程葆华来找我，我会怎样呢？历史虽然不能假设，但可以肯定的是，我对他不会像他当年对我们那么殷勤，更不会同他继续诗酒唱和。因为我还是不了解他新中国成立前的政治上组织上的身份，新中国成立后这是人际关系中的大障碍，很少人敢于无视它、敢于闯闯它的。可是，程葆华当年，即使假设他只是一个职业性的狱政人员，不是中统军统之类，单凭他的职业经验，哪里会不懂我们的探监活动是什么政治性质？哪里会不明白我们的政治倾向呢？他何以就能打着一个"爱才"的幌子，一个其实遮不住什么的幌子，同他手下囚禁的大政治犯，同我们这些显然别是一路的人，诗酒唱和得那么密切呢？是他政治上暗中也倾向进步么？不像。是他负有特殊使命，反过来在争取我们，监视我们么？也不像。我们当时自然并未真正把他当作诗朋酒友，只是冲着他的典狱长的权力，虚与委蛇，为营救杨、张运动得些方便，说得露骨一点就是利用。我们也分析过他的心理，大概一是附庸风雅，以结交教授文人为荣，以诗酒气味来冲淡一点狱吏气味；二是凭他多年典狱经验，特别是在广西那样地方新桂系军阀善于政治投机风云多变的环境中多年典狱的经验，知道有些社会地位的政治犯，忽而又会放出来，依旧是社会名流，并非罕事，只要你在我管的监狱里关住了，不跑掉，不使我有渎职之咎，我在职权范围内给你们以优待，又何乐不为？何况当时天下汹汹未定，预先烧烧冷灶，也不是无益之举。新中国成立后回想，觉得这两点分析还是不大错。那么，就第一点来说，可见当时的教授文人，尽管已经不算什么，毕竟还是有一些相对独立于政治之外的社会地位，也就是说当时政治之外还有社会，这是和新中国成立后的政治大一统不同的。当时，人与人之间，政治关系之外，还可以有不涉及或不太涉及政治的亲戚、朋友、文化、诗酒的关系，至少可以堂而皇之地这样说得出口，这也是和新中国成立以后人际唯有政治关系高于一切统率一切压倒一切不相同的。至于就第二点来说，他当时若有烧冷灶之意，那倒是政治了。可是，他烧的这个冷灶，新中国成立后并未对他有任何好处。如果他需要我证明，我会如实证明他当时的行事，相信杨、张、谭、谢、陈几位也都会这样做，即使如此，这些证明对一个典狱长新中国成立后的处境又会有什么好处呢？想到这些，我是简直理不出一个头绪了。

回过来仍然说杨荣国吧。他出狱回师范学院，便埋头写一部中国思想史，常以有关的一些理论问题，来同我商讨。当时，师范学院师生轰轰烈烈的驱逐院长反共老手黄华表运动，是群众自发展开的，而地下党在白区工作的方针那时却是不要大搞群众运动，要隐蔽力量，集中准备迎接眼看就要到来的解放。于是，学生中成立了地下党掌握的领导运动的委员会，加强控制，使运动不要过火发展，实行缓慢的有秩序的收缩。教授会中，党的领导不那么直接，但好在教授会除了宣布罢教而外，本来就偏重于以上层活动与学生配合，所以不会怎么过火。杨荣国则根本不参加运动，只是埋头著述，后来回想他是根据地下党的方针行事，当时我却不了解内情，以为他是受了挫折而消沉了。有时，我正紧张地赶着为教授会起草什么有关运动的文件，他却来找我讨论公孙龙子的"白马非马"的命题，我实在觉得格格不入。调查者问杨荣国出狱后的表现时，我也如实说了，着重说明了新中国成立后知道当时地下党的方针，知道杨荣国并非消沉。调查者说："固然当时地下党是有那样的方针，但也可能是杨荣国在狱中叛变了，叛徒出来以后表示消沉，也是常有的。"我说我从未听说杨、张在狱中有任何叛变之事，我无法假设其有，而加以推论。调查者倒也没有再发挥他们的推论而罢。

到了一九四九年初，桂系当局出来干预师范学院风潮，耍了一石二鸟的手腕：一面向教育部建议撤换院长黄华表，黄原是桂系，后来跳槽投靠C.C.，所以为桂系当局所不喜；一面对师范学院教授会主要领导人谭丕模、王西彦几位，致送路费，"礼送"出境。谭丕模是湖南人，他们便回长沙去了；杨荣国就是长沙人，也结伴同行。我大概被视为仅在教授会中动动笔杆的角色，不算首要，未被"礼送"，留了下来。从那一别，我与杨荣国一直没有见面，也没有联系，只听说他解放后在湖南大学，后来到了中山大学，最后是一九七三年我们才偶然见了一面。

一九七三年冬，我还在湖北咸宁的文化部干校，因为我父亲方孝岳教授逝世，他是中山大学几十年的老教授，我和我妹妹到广州去料理他身后事宜。其中一项，是希望中山大学给该校这么一位退休老教授开一个追悼会；我对此本不热心，我妹妹却很希望开得成，我也只好努力争取。中山大学当权的军宣队却以逝者已退休非在职为理由，拒绝开追悼会。我找了一些人，都没有用。那天，我到中山大学拜访中文系一些老教授，答谢他们对我父亲逝世的吊唁。到了商承祚教授家，偶然谈起，楼上住的就是杨荣国。那时杨荣国已在中共中央政治局和中央文革小组讲过评法批儒，接着到各省讲学，都是各省省委和省革委领导人到飞机场火车站迎送，在省报头条上发消息，特号字大标题道"杨荣国教授来我省讲学"，正是红遍全国的大左派大学者。我那时觉悟仍然很差，心里还不敢断然否定江青之流，但是对于什么评法批儒运动，已经觉得不伦不类，古里古怪，至少可以肯定是纯为一时政治利用，未必谈得上什么学术。我也知道杨荣国讲法家，不自今日始，新中国成立前他在南宁写中国思想史时，已经对法家评价很高，正好适合了目前某种需要，倒不是有意迎合，曲学阿世。但无论如何，他现在是红遍全国的大左派大学者，我却是一个臭名昭著的"摘帽右派"，云泥天壤之差，是客观存在的。所以我到广州多日，从未想到要访问他。但现在既然只要上一层楼梯之劳，我又何不厚着脸皮，以老朋友老同事的身份去闯一闯，说不定可以求他以现在的非凡的身份，向中山大学当权者说说，促成我父亲的追悼会的召开哩。我上得楼来，杨荣国的宽大的客厅里，正坐满了客人，是山东省委的代表团来请他去济南讲学的。他安排我先到另一间房里稍坐，由他的女儿先陪我，他去继续应酬山东的客人。我同他女儿谈起来，才知道陈慧敏夫人已在"文化大革命"初期溺水而逝，其时杨荣国还住"牛棚"，磨折不轻，情形险恶，现在是组织上将他女儿从别处调回来，作为政治任务照顾父亲的生活。过了不一会儿，杨荣国送走了山东的客人，过来请我到大客厅去坐。我说明来广州是料理父亲身后诸事，也就说起希望中山大学开个追悼会，请他帮忙向学校负责者进言促成。他先说："统战方面的事，我没有问过。"我本来只想着是以私事求他，他一开口就这么自然这么明确地把此事归入"统战方面"，顿时使我感到他今日的政治身份，确非昔比。他接着郑重允诺道："我跟他们说说，我跟他们说说。"我谢谢他，又向他表示对陈慧敏夫人的不幸的吊唁。他详细说明，陈慧敏夫人并非投水自杀，而是神经有病，不慎落水，组织上已有结论，等等。我问他，住"牛棚"时，是否向他追问过我那首诗，他说是抄家时抄去的，倒没有怎么向他追问，至于何以只有前四句之故，他也说不清。谈到一些老朋友在"文化大革命"中狠受批判，他摇头慨叹说："都是懂马列太少了，怎么不犯错误？"又说，"只有张天翼，还是懂一些马列的。"我告诉他，张天翼受的批判也不轻。他没有说什么，摇头叹息。我问他，评法批儒运动的情形如何。他兴奋地说："运动大有进展，现在已经普及到全国，深入到群众。"我说："你的大作，现在都是我们规定的学习材料了。"他谦虚道："粗制滥造，粗制滥造。"又说，"你也来写文章嘛，你一向能写。"我听了很不是滋味，我想，他难道不知道，写文章发表的事，根本不是我这样"摘帽右派"有资格参加的。谈到他近来周游全国讲学，他拿出他到广西讲学重返南宁所照的一组照片给我看，特别指出在广西军区讲学后照的一张。广西军区所在，就是南宁师范学院的旧址，内部建筑多已更新，有一座两层的八角大楼尚是旧物，师范学院时代是用作教师宿舍，所有教师都在那里住，杨荣国和我当然也住过。照片即以八角大楼为背景，广西军区首长们站成一排，杨荣国居中，摄下这一帧故居前留影。杨荣国说，他看过他住的房间，现在是军区播音室。我立刻想到，那是当年他与陈慧敏夫人共住之所，不知他重到时，物在人亡之感如何。我说我还记得他当年在那间房里埋头写中国思想史，他说现在要重写一部大的，已着手准备材料，于是引我参观他新购的《大藏经》，摆满了大客厅，还有一小部分在他书房，也去看了。我注意到他那一套宿舍是完整的一层楼，宽敞漂亮，非同一般，后来听熟悉中山大学的人说，原来是校长冯乃超住的。谈到差不多了，我告辞，他一定留我吃午饭，我看他还是诚意的，留下来吃了午饭。最后走时，他送我下楼，在楼下草坪前握手而别。他一直没有问我到广州来住在何处，我也没有留地址给他。

那次我在广州，常有来往的朋友是广东省文史馆馆长胡希明先生。他虽是初次相识，却能开诚畅谈，又热心帮助我促成中山大学给我父亲开追悼会之事。他熟人不少，找了不少人，都没有什么效果。他听说我找了杨荣国，半开玩笑半当真地说："过去找的都是些右派，现在找到这位大左派，也许不同了吧。"又开玩笑要我刻一方图章，上面刻"曾蒙杨荣国赏饭"七字。我对于追悼会举行的可能，并未增加什么信心。后来果然没有开。我不久也就离开广州，再也没有见到杨荣国，我们分别二十四年之后就见过那么一次。想起来我不禁自笑：我表面上以老朋友的身份去看他，实是有所求于他；我已觉得什么评法批儒运动不伦不类，却向他打听运动进行如何，作热心状，这不岂是同当年为了营救他而与典狱长诗酒唱酬，做风雅状，有些相像了么？历史真不知开的什么玩笑！

到了粉碎"四人帮"之后，拨乱反正之中，评法批儒运动当然要作为一场政治阴谋受到清算，杨荣国也免不了受到批评，但报刊上并未点他的名，只称为"南方某教授"，留有余地。不久就听说杨荣国病逝广州。后来又听说，已经查明，他与"四人帮"的阴谋活动并无关系。还看到他女儿发表的文章，写他父亲病重住院时，粉碎"四人帮"消息传来，她父亲立刻从首长住的特级病房，被迁入高干病房，又被迁入多人合住的普通大病房，饱尝顷刻炎凉的滋味。还说当时批判揭发中有一些过火不实之词，例如有此一说：美国总统特赠周恩来总理一种名贵特效良药，被移用于杨荣国身上，致使周总理不治，此说最使群情激愤，杨荣国最感冤屈，几次言之泪下。我看了也不禁浩叹。我确知杨荣国几十年前就鼓吹法家，此在"文化大革命"初期，并未使杨荣国能免于"牛棚"受难，家破人亡；到了"文化大革命"后期，不知怎样被"四人帮"发现了，适合了政治阴谋的需要，遂使杨荣国一跤跌进大红大紫的荣誉里。大概他自己还真以为吾道大昌，天将以为木铎，却不知只是被摆到场面上利用利用而已，密室阴谋是不会让他这样一个老书生与闻的。他的悲剧是注定的。几十年来中国知识分子，包括自以为懂马列，掌握了历史规律的知识分子，都掌握不了自己的命运，受尽造化小儿的颠倒拨弄，杨荣国就是一例。他当然是很独特的一例，但是，共性岂不就寓于个性之中？回想我与他最后那次相见，他明知彼此政治身份之悬殊，而在没有淆乱政治大界限的范围内，对我总还是尽量做到了以老友之礼相待。那么，我也还是应该把他视为老友，我为他浩叹，又不止于为他一人浩叹了。

一九九五年十二月八日

忠贞的灵魂
——读《冯雪峰论文集》

风流云散后凋松，昨岁新正哭雪峰：

残稿未成天国史，遗骸谁覆党旗红？

平生交谊师兼友，一夕谈谐始亦终。

闻道百花重烂缦，灵山绝唱奠英雄。

——一九七七年哭雪峰同志

三大本的《冯雪峰论文集》，是不太好读的。三十多（三十二）年，近两百（一百九十一）篇，近百万（九十八万四千）字，这几个数字就够重的了。而这近百万字，反映了马克思主义文艺理论在中国革命文艺运动中传播、扎根、成长的历史，记录了这个过程中一位探索者的行程，二者都是漫长而曲折的。雪峰同志的文字，又素有"晦涩"之称，虽然也未必尽然，晚年之作更是日趋平易，但总地说来，他写文章是同读者一道思考，而不是思考出结果来告诉读者，所以读起来总归是吃力的了。《读书》杂志要我读读这部不太好读的书，写点读后感。我倒是愿意接受这个任务。关于雪峰同志，我是应该写点什么了。

雪峰同志，是我青年时期所尊敬的马克思主义文艺理论家和高举鲁迅旗帜的英勇旗手。新中国成立以后，他是我工作单位人民文学出版社的主要领导同志。（他是负责人民文学出版社的创建的。他在这个单位的领导岗位上，以平等精神和朴素作风得到普遍的敬爱；纵使是他被错划为"右派"以后，这个单位里的多数群众也仍然在默默中对他保持着这种敬爱。）一九五七年以后，我和他都以"留用右派"的身份，就在他负责创建和领导的这个单位的同一间办公室里朝夕相聚者三年。"文化大革命"中，我和他又作为同一单位里的"牛鬼蛇神"，同住一个"牛棚"，同下一个文化部"五七"干校，同在一个连队。后来我们先后回到北京，我在人民文学出版社当校对，他的编制也仍属人民文学出版社，却没有再上班，我们才不常相见。一九七六年初他逝世的时候，周恩来总理刚逝世不久，解放了将近三十年的中国，却处在又一个黎明前最寒冷的时期；当时也算是给雪峰同志开了一个不成体统的追悼会，姚文元下令不得致悼词，参加人数不得超过二百人：国家和个人所遇到的事，都是十分离奇，而又十分现实。这样的时候，我没有话可说。于无声处，只有雪峰同志的骨灰盒上，由他的子女题了这样三行字："诗人。作家。毕生信仰共产主义。"看到的人都体会到它的分量。这年十月，江青反革命集团被粉碎了，雪峰同志已经看不见了。次年春，我次友人韵作了《丁巳春感五首》，正好第三首有"峰"字韵，我即以这首来追哭雪峰同志，如本文前面所引。其时尚在党的十一届三中全会之前，我在这组诗的第一首里写我当时的感受是："朱门柳影转青春，九陌轻寒尚袭人。"雪峰同志的身份还是"摘帽右派"，所以我有"遗骸谁覆党旗红"之句。这首诗当时只在三五友人中随便看看。直到一九七九年正式举行盛大的雪峰同志追悼会，我才请人抄了送到追悼会场去。使我不免敝帚自珍的是，我还想不出比"风流云散后凋松"更好的形象来表达我对雪峰同志的敬仰。但考虑到雪峰同志的党籍已经恢复，而诗中还有"谁覆党旗红"云云，便特地在诗题上标明"一九七七年"字样，希望不引起误会。我也自问：为什么只抄旧作？为什么不能根据新的情况，畅所欲言地写点新的东西呢？我发现，已经不再是有什么外力阻止我，而是自己所欲言的，自己还想不清。而这想不清的东西，又清楚地凝现为一位老人的背影。

所谓文化部"五七"干校，是在湖北咸宁的斧头湖边搞围湖造田。那里多雨，土质是红胶泥，军宣队提的口号是"小雨小干，大雨大干"，所以比什么艰苦的劳动都更令人头痛的，是在每次冒雨出工的路上。经雨的红胶泥，下步时滑得把不住，提步时又黏得提不起，没走几步，鞋底已经黏成几斤重的大泥团，甩也甩不掉了。

"滚一身泥巴"，真正成为常见的情形。平时出工要按班排列队行进，这时队形实在维持不住，班排长们也只好睁眼闭眼过去。我腿脚素来笨拙，狼狈相自然不必说。有几次偶然走在雪峰同志后面，发现他却是走得非常矫健，灵活而又稳重的步法，随时能从倾侧之中掌握好平衡，绝不用担心他会摔倒。我想，他已经快七十岁，比我大二十岁，前几年还动过胃切除的手术。他走得这样好？我为什么不能稍微学一点呢？但这样一想之中，我又跟跄了几步，表演了几个狼狈相了。从此我就愧随雪峰同志之后，每当冒雨出工，我总是力避走在他的背后。然而，泥泞滑溜胶粘坎坷的路上，一位瘦劲的老人，肩上一把铁锹，迈着灵活矫健的稳步前进的背影，却是躲不开的，它总是在我眼前鲜明地出现。我总觉得，这不仅是雪峰同志走在咸宁斧头湖边冒雨出工路上的形象，而且是他一九五七年以后的一生最后二十年的人生道路上整个的形象。是不是这样呢？为什么是这样呢？这就是我总没有想得清的。现在正好有机会系统地读一读雪峰同志的理论文章，看看能不能把问题弄清楚一点。

开卷果然有益。

雪峰同志的战斗的一生中，在马克思主义文艺理论的介绍、宣传、阐释、捍卫、应用等方面，做了大量工作，常常是同中国无产阶级文艺运动史上一些重大的尖端性问题密切相关的。现在这三大本论文集，就集中了全部资料。如果据此进行研究，探讨其中的规律，分析其中的得失，那将会是大有益的。可惜我没有这个能力。我只能结合自己的经历，得到一些零星的体会。

雪峰同志的一些精辟论断，曾经在文艺的几个根本问题上给我深深的启发。例如，关于文艺规律，他说过："所谓文艺的规律，其实就是创造人物的规律，也就是生活和生活斗争的规律。"（《冯雪峰论文集》下册195页）关于文艺真实，他说过："文艺不能不是肉身的东西。……一定浸满着作者的战斗的血痕，才能证明那是真实，而给予理想与实践的力量。"（上册306页）关于文艺批评，他说过："具体的文艺批评首先就是生活的批评，社会的批评，思想的批评。"（中册98页）总之就是要从生活，要从社会的、作品中的、作家自己的有血有肉的生活，来观察和处理文艺的一切问题。这样的文艺思想，曾经帮助我努力从根本上看文艺，而对那一切形形色色的脱离生活的、机械冷淡的、玩弄技巧的文艺观，从心底里感到格格不入。

作为雪峰同志领导之下的一个中国古典文学方面的编辑人员，我曾经从雪峰同志的一些有关言论中，找到过明确的工作指针。例如，一九五三年，雪峰同志就指出：从《诗经》起，经过屈原、司马迁、杜甫、施耐庵、曹雪芹，直到鲁迅，形成一条人民性和现实主义精神的长河（下册24页）。那是在新中国成立初期，在社会上还很有些人怀疑"共产党要不要封建时期的文化遗产"的时候，我们这些从事中国古典文学方面编辑工作的人信心也不太足的时候，一位权威的马克思主义文艺理论家出来说这句话，其影响之大，现在的读者怕是难于想象的。雪峰同志还说过：对遗产的批判，就是通过具体的分析和综合性的总结，达到科学的、历史主义的新看法，达到对遗产的看法上的革新；至于"对于遗产本身，本来并无所谓革新，例如我们就不能修改古书"（中册518页）。这对于新中国成立初期的中国古典文学整理出版工作，更是直接有用的提示。当时，弄不清我们出版古典作品是否应该学太平天国删改《四书》《五经》的榜样，这种糊涂观念还是比较普遍的。我们对古典作家的思想进行具体分析的时候，常常苦于究竟哪些是民主性的精华，哪些是封建性的糟粕，不大好区别。这时，我们从雪峰同志的论文中得到一个深刻而又简明的公式。他说：古典作家的成体系的思想，往往是封建的；而他们同情人民疾苦、痛恨黑暗政治和残酷剥削的思想倾向，则是有人民性的（下册141—143页）。这个公式曾经帮助我们解决了不少纠缠不清的问题。

重温如上所引的雪峰同志的这些言论，回忆当时的情形，都有一种亲切之感。而另外一些言论，当时没有特别注意，现在看来才知道是真知灼见，不是泛泛之谈。早在一九五三年，雪峰同志就着重阐明英雄和群众的关系，批判文艺创作中孤立英雄、突出英雄、轻视群众、压低群众的倾向（下册52—53页，69—70页）。他大声疾呼："群众什么时候都是实际生活中矛盾斗争的主体，而决不是旁观者或两种力量之间的中介物。"他又说，"英雄是群众的一分子，只有在群众身上所能有的东西，才能在英雄身上出现，或者先出现。这就是我们所要创造的新人物的形象，他们新的崇高的性格和品质都应该是带群众性的、能够感动一切普通人民群众的、普通人民群众都感到亲切、都愿意仿效并且能够仿效的理由。"（下册70页）经过"文化大革命"百卉凋零之后，经过什么"三突出，三陪衬"的谬论的残酷统治之后，再来看这些话，说得是多么好啊！即使对于今天的文艺创作，恐怕也是有益的箴言。

我并不认为雪峰同志的理论没有错误。他在一九三〇年就宣称"中国的统治阶级已到它彻底崩坏的末日，而无产阶级底力量却长大到可以掌握政权了；世界各国也是如此"（上册22页）。这恐怕是当时正居统治地位的左倾路线的声音吧！到了一九五五年，他又说：尽管中国革命已经胜利，在进行着社会主义建设和社会主义改造，但较之二十年前瞿秋白同志牺牲的年代，"在新的情势之下，阶级斗争不仅不会稍微缓和，反而更加尖锐、更加深刻和更加复杂"（下册331页）。这恐怕又是新的"左"倾错误的苗头的反映吧！这些错误，当时恐怕很少有人能够觉察，能够不跟着说，而今天，说它们错误却是很容易的。

对于作家和作品，雪峰同志的褒贬抑扬也并不总是正确的。毕生高举鲁迅旗帜的雪峰同志，在一九二八年第一次论及鲁迅时，竟然说鲁迅在"在艺术上是一个冷酷的感伤主义者"，在政治上"常以'不胜辽远'似的眼光对无产阶级"，"在批评上，对于无产阶级只是一个在旁边的说话者"（上册6页）。这个显然错误的评价，当时使鲁迅很不快，这已是文学史上人所共知的故事了。对于丁玲同志的《莎菲女士日记》等作品，雪峰同志起初也是错误地给以完全否定。

但是，雪峰同志是能够修正错误的，是能够在坚持真理修正错误的辩证的过程中成长的。他后来对鲁迅的研究和阐发，彻底纠正了他自己最初的错误，其成绩照我看来，至今还是未被超过的，例子太多，索性不举了。现在只看看他前后两次怎样评价《莎菲女士日记》等作品的。第一次，雪峰同志宣布：《莎菲女士日记》等作品中，只有"个人主义的无政府性加流浪汉（lumpen）的知识阶级性加资产阶级颓废的和享乐而成的混合物"，写这些作品的作家乃是"思想上领有着坏的倾向的作家"（上册71页）。这显然不能说明这些小说在当时觉醒了的青年中引起强烈震动的事实，只能说明评论者自己还是一个严正、偏激、不懂生活的青年，"明于礼义而陋于知人心"。十多年之后再来评价，就大不相同了。这回，雪峰同志指出：莎菲的矛盾和伤感，"的确联带着非常深刻的时代性和社会性，并非一般的所谓'少女伤春'式的那种感伤主义"，而是"五四"时期知识青年"把恋爱自由、恋爱的热情，以致所谓恋爱至上主义，看作所谓'人生追求'的神圣的或惟一的目的"那种阶级性质的表现和时代觉醒的表现。"尤其在这一类的青年女子，往往要通过女性的觉醒，去体验着他们之'人'的社会的觉醒。""莎菲的绝望，是对于平凡卑浊的周围的绝望。她的空虚，是恋爱至上主义本身的空虚，同时也就是她因而自觉到她这个人生活上本身的空虚。所以，莎菲的空虚和绝望，恰好在客观上证明她的恋爱理想固然也是时代的产物，却并没有拥有时代的前进的力量，而她更不能依靠这样的一种热力当作一种桥梁，跑到前进的社会中去，使自己得到生活的光和力。"（中册153—154页）从这样既入情又入理的分析里，我们看到一个成熟的马克思主义文艺批评家出现了。雪峰同志这就做到了他自己说的："具体的文艺批评首先就是生活的批评，社会的批评，思想的批评。"

三大本论文集里，从实践中自己修正错误的例子，还相当不少。例如，对于民族文化遗产中的精华，对于内容决定形式的前提下形式的相对独立性及其对内容的反作用，对于中国新文艺从内容和形式两方面批判地继承民族传统的重要意义，我觉得雪峰同志在他的理论活动的初期，都欠注意，欠重视，而后来都彻底纠正了，并且，那一步一个脚印的自我纠正的艰苦历程都是可以按迹寻踪的。当然，这并不是说雪峰同志的每一个错误都得到了纠正，例如解放初期，他也参加了对萧也牧同志的完全不公正的围攻，他的调子还特别高，这就是他所犯过的一个令人难以淡忘的错误，后来也没有看见他公开改正。这是很惋惜的。但是，总的说来，他改正的错误还是远远占多数，这是因为，"他终生对历史的反动力量战斗着，把自己看作人民的一个先驱者，一个前哨的士卒或斥堠，从不把自己看成一个思想家，可是他也就终生都在探索和研究着现实社会，搜寻着道路、敌人和人民的力量。鲁迅的思想从没有离开过这条路线，他的思想是沿着这路线，为着这任务，而形成，而时时纠正、改变和发展的"（中册197页）。雪峰同志对鲁迅的这段评论，在一定程度上，可以适用于他自己。

说到这里，在一条泥泞的坎坷的路上矫健地行进，时时能从倾侧中掌握好平衡的那位老人的背影，似乎又出现了。是的，我这次通读《冯雪峰论文集》的最大收获，还是在于把这个背影看得更清楚了一些。

早在一九二六年，雪峰同志就指出："颓唐的、绝望的东西"对作家乃是"一条缚足的绳"（上册15页）。从这里起，三大本论文集里，自始至终有一个烈火一般的思想，就是对于形形色色的颓唐软弱、怀疑厌世……有一种由衷的嫌恶，洞见它们的危害，随时随地揭发它们，鞭挞它们。在论诗的时候，雪峰同志指出：一切"对于自己的命运和绝望的预告和哀音"，"最后就是诗的灭亡"；一切"生命的悲哀和抑郁"，"最后也就是诗的生命的丧失"（上册164页）。关于高尔基笔下的克里姆·萨姆金，雪峰同志指出：中国也有这样的知识分子，对世界一切都厌烦，然而并不因此而绝望和反抗，却满足于自己的厌烦。他宣称：他对这种人的憎恶比对那些虚伪的或冷酷的人更厉害。（上册198页）抗日战争期间，雪峰同志指出：所有附敌的知识分子，一方面是"将他们的恶行与无耻发展到极端"，另一方面就是"尽情地宣露着他们的颓败、软弱可怜和无聊的心志"（上册234页）。其代表人物周作人就是"堕落与颓丧"到了"不可收拾"的程度。（上册236页）

雪峰同志这样憎恨一切颓唐厌世，正说明了，也正因为他是革命乐观主义者。他说："在今天，作为一个革命者，一个战士，就不仅不容许抱悲观想头，而且还必须是一个大乐观主义者才对。"（上册304页）他自己是做到了的。他回忆上饶集中营里的英勇斗争，深刻地指出：战士们"并不只是消极地等待做烈士，就因为他们首先是要出来继续为祖国为人民而战斗"。他说："乐观的舍身精神，是共产党员最高贵的品质之一。我们提倡的革命气节也是积极性的。"（中册324页）大家都知道，雪峰同志自己，当年正是在上饶集中营里以实际行动体现了这种"积极的革命气节"，后来他又创作了优秀的电影剧本《上饶集中营》来歌颂了这种"乐观的舍身精神"。

人为什么能这样乐观呢？雪峰同志不止在一处指出：原因就在于对改造生活有信心，对革命胜利有信心，而一切信心的基础尤其在于对人民有信心。对于鲁迅的几篇描写知识分子的小说，雪峰同志进行详细分析之后，结语道："在辛亥革命前充满着信心的人，如果没有在辛亥革命的失败中吸取教训而把自己的理想同华老栓们的命运、觉醒和解放斗争联系起来，那么，等待他们的都将只是失望和消沉。涓生和子君是'五四'革命所唤醒的青年，他们失败的根源在于他们从人民群众的革命斗争孤立开来，而想以自己薄弱的

力量去抵抗传统的社会压力。鲁迅是从同人民的关系中来分析和评价知识分子和青年们的理想的。"（下册426—427页）

可以理解，雪峰同志自己，也是从同人民的关系中来观察和处理乐观与颓唐的问题。他那么憎恶一切颓唐厌世，他自己也总是能在种种逆境之中战胜消极心情，就因为他深知一切颓唐厌世的根源或归宿，都是同人民的远离，甚至是对人民的背叛。他那么歌颂革命乐观主义，他自己也总是能在种种逆境之中保持革命乐观主义，就因为他的革命乐观主义的根源和归宿，都是同人民的联系，尤其是对人民的忠贞。

我和雪峰同志同一间办公室工作那几年中，亲眼看到他怎样认真踏实地做着最平凡的编辑工作；现在论文集最后一篇也是一九五七年以后仅有的一篇《郁达夫传略》，就是当时工作成绩的一个点滴。据牛汀、王士菁等同志回忆，当时选录的郁达夫作品中，有几十万字是雪峰同志带回家一字一字抄出来的。按制度规定，这些完全可以请组织上雇人去抄。雪峰同志为什么要这样做呢？论文集里有这样两段话：

　　我感到工作是增加人的生活欲望和力量的，而生活的欲望无非是要更理解自己的人民，更与人民相亲近。此外又还有什么生活意义呢？（中册258页）

　　……对于个人，在中国古哲的言语中，我是更加爱如陶潜的"精卫衔微木，将以填沧海"之类的诗句。这是即使一个人，做

着极微小的事，也如在转移着乾坤似的气概。（上册207页）

这两段令人感动的话，可以表明雪峰同志的心情。原来，他是把手抄选文几十万字以及其他类似的平凡工作，当作"更理解人民，更与人民相接近"的手段和途径来干的，他是以"转移着乾坤似的气概"在干的。本来，一九五七年之后，名在"另册"的人，能把工作做好的也并不少，但从旁看去，有时或近似"表现"，有时或微觉"卑屈"，有时又稍有"赌气"之嫌。雪峰同志却不使人有这一类感觉；看他做那些平凡工作时，倒是使人有一种庄严崇高之感，就因为这原来是他对人民的忠贞的表现。

是的，"庄严崇高"，我觉得这四个字我用得恰当，对人民的忠贞不可能不表现为庄严崇高。雪峰同志给一个剧本作序说："作者那么强有力地感染给我们的，正是庄严不可侵犯的政治信仰和庄严崇高的共产党员的人性。"（中册224页）我在雪峰同志身上，特别是在"监督使用""监督劳动"这一类情况中的雪峰同志身上，也看到这种庄严崇高不可侵犯的共产党员的人性。

即使在体力劳动之中，雪峰同志的劳动态度之好，一向也是得到公认的。"文化大革命"之初的一天，我们正在机关大门前扫地，雪峰同志像往常一样默默地认真地干着。忽然来了暴雨，大家只好到门廊里暂避。那里贴满了大字报，而我们作为"牛鬼蛇神"是不许看大字报的，进出只能走没有大字报的后门。有人提出来：大家不要站在这里，免得有偷看大字报之嫌。忽然，雪峰同志遏制不住地大怒了，他愤然问道："你把我们自己看成什么人了？"其时，其地，其人，而有此一怒，似乎很不合时宜，然而我当时默默地向雪峰同志致敬，现在写到"庄严崇高不可侵犯的共产党员的人性"这些字时，我眼前又出现了雪峰同志那次勃然大怒的形象。

我以为，三大本近百万字的《冯雪峰论文集》，留给我们的理论上的财富（包括从他的错误中能吸取的教训）当然是丰富的，宝贵的；但另一方面，即使不说更宝贵，至少也该说同样宝贵的，是其中贯彻始终的这种庄严的精神，忠贞灵魂的表现。那位在泥泞坎坷的路上矫健行进的老人，其所以总能从倾侧中掌握好平衡，就因为他有一个忠于人民的灵魂在作稳定的重心的缘故；这又不仅是就政治上、生活上、品格上说的，而且是包括理论上说的。下面这段话，是雪峰同志对这种忠贞的灵魂所唱的颂歌：

现在是这一种德行——节操，得到了广泛的自觉和辉煌地放光的时代。……这种德行能够和历史的前进更一致地发展；它正是作为人生和社会的实践所必然和必需有的产物，因此是那样地高贵和美丽。这好像那洁白的高贵的花朵，为那巨伟的茂盛的大树所产生，恰恰在它带着朝露或披着阳光而忘我地开在郁绿的枝叶，就更为美丽了。我们能够这样看法和有这样充实的感觉，是因为我们时代的多少伟大的忠贞的灵魂，是恰好作为历史胜利的契机而在凛然地耀着圣光的缘故。（上册229页）

人民的老干繁枝上凛然闪耀着圣洁的白光的花朵，这就是雪峰同志描画出来的忠贞的灵魂的美丽形象。对照起来，我那什么"风流云散后凋松", 就仍然是凄清的失败主义的情调, 不有这次通读《冯雪峰论文集》的机会还不自知哩, 这仍然像我在咸宁的泥泞中想学学雪峰同志的矫健步法而仍不免踉跄出丑一样。

一九八二年七月十七日, 大连棒棰岛

聂绀弩、周颖夫妇赠答诗

看了这个题目，稍知情况的人都会质疑：周大姐根本不作诗，怎么会和聂老有什么赠答？

是的，周大姐不作诗，反对作诗，尤其反对聂老作诗。但是，他们二老晚年的确有一段作诗赠答的故事。

聂老一九七七年二月二日写给我的一封信后面，附录了他近作的这样两首诗——

赠周大姐

添煤打水汗干时，人进青梅酒一卮。

今世曹刘君与妾，古之梁孟案齐眉。

自由平等遮羞布，民主集中打劫棋。

岁暮空山逢此乐，早当腾手助妻炊。

探春千里情难表，万里迎春难表情。

本问归期归未得，忽问喜讯喜还惊。

桃花潭水深千尺，斜日恩情美一生。

五十年今超蜜月，愿君越老越年轻。

（舒芜按：作者自己后来将第一首第七句"空山"改为"郊山"，第二首第六句"恩情"改为"辉光"。）

这就是他们夫妇赠答的开始。那时，聂老从山西出狱回北京不久，住在东直门外新源里，是一个两居室的单元房。聂老是"十载寒窗铁屋居，归来举足要人扶"，卧病在床。周大姐平生习惯于社会政治活动，很少在家里，现在则成天又是添煤，又是打水，忙得满头大汗。一天忙完了，坐下来，二老对饮一壶酒，下两盘棋，闲话聂老在北大荒劳改，在山西监狱，周大姐两次万里寻夫（探春千里、万里迎春）等等旧事，泛论及于自由平等、民主集中这些大问题。喝的是青梅酒，仿佛竟有当日曹刘"青梅煮酒论英雄"之概。这一对患难老夫妻的如此"斜日恩情"，我读了很感动，回信说：夫妻间的日常家庭生活，古人少有入诗的。元稹的《遣悲怀》之所以成为名篇，就因为写尽了"贫贱夫妻百事哀"的日常生活。聂老这两首诗，也就好在写尽了夫妻日常生活，但又出乎元稹诗境之外，有鲜明的时代性，乃是今天中国阅历风波的知识分子夫妻的日常生活，等等。

于是，聂老回我一封极有风趣的信——

管公：

二月廿八日信收到。

一件趣事：周婆经常反对我作诗，认为天下最无意思的事是作诗，作了还写给人看就更无意思，一有机会就发表这种高论，和别人谈话时还故意高声朗诵，以示取瑟而歌之意。及到作了赠诗给她看时，她却很高兴地看了，一点平日那种不屑一顾的样子都没有，甚至还指手画脚说这句好，这里好，总结："不错，有意思！"还有哩！"把它寄给谁看看吧。"谁字竟包括着阁下。

事情没有完。昨上午收到来信，她问："他说甚？"我说："赠周诗好。""真的么，怎么说？""你看！"她正在扫地，丢了扫把来准备看。但是戴上眼镜之后，却没有真看，随即取下又去扫地做别的事，而且整个下午都没有看。我想，她对诗固不甚爱，对谈诗的信就更无兴趣了。这下午我写了两封信，有便便发出了。晚上我已上床了，她忙了好一会，端着茶，拿着眼镜，来到书案前找你的信说："现在来欣赏欣赏老方的管见吧！""管见"二字确是她说的。我说："看你不爱看，已经把它寄给陈迩冬去了！""我哪里是不爱看！上午我想少停一下，沏杯茶慢慢看吧，但没等消停就做饭，随后有人来了，一直没有断……现在正好来看，而……他说什么？……"我把管见用口头说了一遍。她一面听，一面说："他怎么知道这么多，说得这么有条理！"但最后却将了我一军："不是他真这样说而是那掺了水的！"

现在明白这封信的意思了吧，请你把你的管见重述一遍（不必加多）以见我并未加水也未加油醋之类。

冬公诗遵嘱抄上。

前两信中当有给鲁白公一纸，不会是遗失了吧。

这次未附诗，因未做。

专候春绥！

弟弩白（一九七七年）三月二日

聂老晚年给我的六十多封信，都是近人书札尺牍习用的文言半文言，仅有这一封是纯粹的白话，写得起伏跌宕，风趣幽默，把他们二老的"斜日恩情"充分写出，实在是好信札，好文章。加上工整秀丽的《灵飞经》体的毛笔字，也可以看出写信时的良好心情。

但是，赠诗还有第三首。那是若干天后，我去聂老家，他默默地递给我一张纸，是圆珠笔写的，字迹歪斜潦草，上面写着——

惊悉海燕之后再赠

愿君越老越年轻，路越崎岖越坦平。
膝下全虚空母爱，胸中不痛岂人情？
方今世面多风雨，何止咱家损罐瓶。
稀古翁妪相慰乐，非鳏未寡且偕行。

一看题目我就明白了。原来，聂老和周大姐的唯一爱女聂海燕，因为夫妻家庭纠纷，于一九七六年九月间自杀。一个月后，聂老自山西出狱回京。我第一次去看他，刚开口要对此表示慰问，才说出半句，不知怎么敏感到他大概还不知道这个噩耗，幸喜他耳聋没有听见，我马上咽住。后来了解，周大姐的确没有马上将噩耗告诉聂老，编造各种理由来搪塞聂老日益加紧的追问。现在，终于，聂老知道了。于是他写了这样一首诗，作为《赠周大姐》二首的续篇。我默默地读了，一句话也没有说。他也默默地看我读完，一句话也没有说。是的，还有什么可说呢？我只将字迹歪斜潦草的原诗稿好好保存下来。

　　这首诗是典型的"聂体"。在这样悲惨的题目下，开口竟是"愿君越老越年轻，路越崎岖越坦平"，意气风发，一下子就站到与苦难战斗的制高点上。不写自己惊变之际作为父亲的失女之痛，而写周大姐作为母亲的"膝下全虚空母爱，胸中不痛岂人情？"哭女而转慰妻，以父爱来体贴母爱，倍加沉痛。"方今世面多风雨，何止咱家损罐瓶"，把一家的苦难联系到千万家的苦难，却把家破人亡的大悲剧，说成只是损失了一些罐罐瓶瓶，里面有沉痛的讽刺。从来龙争虎斗当中，英雄们常说"不怕打烂坛坛罐罐"，轻描淡写的"坛坛罐罐"四个字，流露出英雄们不屑一顾的神情，岂不是包括着千家万户小民的生命财产么？最后，"稀古翁姬相慰乐，非鳏未寡且偕行"，我这个七十老翁还有你，不算鳏夫，你这个七十老姬还有我，不算寡妇，我们俩相偕相伴走下去吧。这么最大的沉痛，这么最大的坚强，紧密地结合起来，实在是前无古人。

　　这一对"非鳏未寡"的"稀古翁姬"，的确是在以"相慰乐"

来同苦难战斗。于是，就有了周大姐的答诗——原来是聂老代周大姐作的。聂老于一九七七年四月九日给我的信后附了这一组诗——

代答有序

　　大姐说：我出意，你出技，作诗回赠你，何如？我说：试试。及成若干首，姐见大笑说，去原意太远，但四顾茫茫、粉碎血书、找房子、搬家等等，身经目睹，老妪能解。馀听他用。就所取者润色，得三首。

　　　　瓦罐长街一曲歌，风流忽似郑元和。
　　　　日之夕矣归何处，天有头乎想什么。
　　　　肺腑中言多郁勃，江山间气偶盘陀。
　　　　河汾并是沧浪水，幸未投诗当汨罗。

　　　　国是春光民是秋，恨生情死总关愁。
　　　　死谁市尔千金骨，生不需人万户侯。
　　　　凭扯血书成粉碎，焉知吾道定云浮。
　　　　吕梁望见燕台未，隔雾杯邀一爵偷。

　　　　十载寒窗铁屋居，感怀张耳灭陈馀。
　　　　慨乎住宅恩公论，难以搬家惠子书。
　　　　四海风帆齐破碎，深宵渔火渐稀疏。

一冬园圃光葵杆，瘦硬枯高懒未除。

（舒芜按：作者自己后来将第二句改为"归来举足要人扶"，将第五、六句改为"草草杯盘齐破碎，翩翩裙屐早稀疏"。）

当时，"文革"文学理论有所谓"领导出思想，群众出生活，作家出技巧"之说，周大姐所说"我出意，你出技"，盖模仿之。于是，聂老代作出若干首诗，却被周大姐大笑为"去原意太远"；认为只有这三首还可取，大概因为诗中说到"文革"初期被抄家，仓皇搬家等事，她同样身经目睹之故。聂老说这是白居易诗"老妪能解"，再怎么苦难，时刻不忘幽默。诗中说的抄家之后，长街上的乞丐似的，日暮途穷，四顾茫茫，无家可归，本来非常凄惨，可是忽然发生了"天有头乎"的奇想：老天爷您长着脑袋吗？您要有脑袋，在想什么呢？聂老曾写他在"反右"中被批斗时的心理："欲知苦我天何补，说不赢君见岂非。"我真想知道，老天爷把我作弄得这样苦，到底于他又有何补益呢？正是典型的聂绀弩式的思维。

今年是聂老百年纪念，已经有人谈到聂周二老晚年家庭生活。我觉得他们这样"非鳏未寡且偕行"的动人情景，特别值得表出。

2003年9月12日

附　记

　　《聂绀弩全集》出版，我检得聂老一九七七年三月一日致陈迩冬信，就是他将我谈他的《赠周大姐》的信转给陈迩冬看的那封信。兹全录如下——

冬公令婆两好！

　　前函计达，尊诗前有常公自抄去，今又有舒公来函要代抄。已抄好尚未发出，想无碍。近日作赠周诗二首，亦颇自得。舒公则估价太高，论时竟提及微之、易安、放翁。舒公对拙作时有论评，所论瑕瑜互见。瑕，溢美过甚；瑜，道得着说得出，对我颇有教益。今将拙作及管见一并奉呈以博一笑。两公曾见到秦公否？秦公近著《现代诗韵》一书，蒙寄赐两册。我对诗韵无甚理解，亦少兴趣，几月来尚未写回信。倘两公与之会见，望代致歉意说人越老越懒真无法也。

专此敬颂

春福！

弟弩上三月一日（1977）

（《聂绀弩全集》第九卷第162页）

二〇〇四年三月十九日附记

聂绀弩晚年想些什么

　　周绍良兄看了我的《口述自传》，两次说："讲聂绀弩太少了。"我说并不少，关于我到人民文学出版社之后肃反运动之前的事情，全是围绕着聂绀弩的。绍良说："我是指后来你们那么多交往，几乎一字未提。"他所谓"后来"，指一九七六年聂老从山西出狱回京之后，直到一九八六年三月二十六日在京逝世，这期间的确同我一直有联系，主要是通信联系。我们虽同在北京，但住处相距远，见面不太多，所以通信较多，《口述自传》的确没有提及。大概是因为其间没有什么"事件"，而口述自传时是着重谈事件的缘故。

　　正好今年要纪念聂老诞辰一百周年，我重新检读他给我的书信，起一九七六年十二月二十一日，迄一九八五年十二月二十二日，共六十四封；全部复印件已经交给武汉出版社《聂绀弩全集》的责任编辑，不久将出版。从这些书信中，可以看到他最后十年基本卧床不起的情况下，经常还在严肃认真地思考些什么。

　　他思考的，比较集中于三个问题：旧体诗问题，庄子思想问题，红楼梦问题。兹略按时间先后，做一点介绍。

最初，围绕他自己的旧体诗，谈了许多旧体诗和古典诗歌问题，我在他逝世后二十多天（一九八六年四月二十一日）匆忙写出的《记聂绀弩谈诗遗札》一文中，已经介绍不少。其末段云："聂老遗札中论诗之语不仅这些，还有泛论诗学的，评别人的诗的，评我的诗的，都很精彩，特别是他一点也不喜欢我的诗，多次把我评得灰心丧气，然而细想都说得对，使我再也不敢轻易作诗，这些都抄出来未免太多，只好且俟将来别的机会。"时光荏苒，不觉十三年过去，现在机会到了，正好接着说下去。

有一次，我作了一组七律《春感五首次严霜韵》，写给聂老看，附带告诉他，看过的朋友中，有的较喜欢前两首，有的较喜欢第三首，有的较喜欢后两首。他回信道：

尊诗五首显已被分为一、二；三；四、五，三起。我同意牛公。三从始至末为一整体，所云作者与读者均熟，易同感，事实上已具同感，故独胜。诸作非此，似略逊。一二所云较寻常，较具体，恍惚物象，故较胜。但二之五六似弱。身家荣瘁是何等经历，岂肯以枝头露老调廉售？又富贵可说草头露，荣瘁不可说枝头露，两者是不同的概念，所以不能用相同的话说。（富贵是同等事，荣瘁是相反事。）其次，上句下句各分三部，则无一洽对。身家是两事，邦国是一事；荣瘁是相反的两事，经纶是两字不能拆开的一事；末三字不洽自明。再说四五较抽象，四全首似皆发议论，五六两句亦不洽。五墩争婆笑不知实表何意，画虎骑驴意亦空，对亦不洽，冰山句费解，末句独超，较宾客沉舟两句远胜，句面毫无圭角。追说，半山东坡文政俱显者，故可争墩婆笑，我辈用之，不问他人何说，自亦嫌倨。

组诗有难处：每首当各有与他首截然处，此意从钟敬公处得来，颇有实用。尊作以三为胜，亦即此意之证实。又既用韵，又还加其他桎梏，所谓捆打，即好，亦恶作剧也，此法不敢苟同。话说回来，首首要各不相同，又要有共同处，不然何以谓之组诗？有形无形一根线穿住几颗珠，线自重要。若说无此线自亦成珠，但是散珠，不是串珠，那是另一问题。其实一首之内句与首的关系也如此，不必词费。凡此皆拙腐而不卓也。末技小道，聒而不舍，不计兄之齿之冷暖矣。（一九七七年四月九日信）

这是对我这组诗的全面否定，从炼字铸词、属对使典、缀句谋篇、成章连组、斟情酌理、秤实量虚等各个方面做了系统的否定，于第三首稍宽，也只是存而不论而已。我接到信，反复思考，不能不承认他批评得对。虽然在对仗问题上，我认为他所持的诗律："身家"不能对"邦国"，"荣瘁"不能对"经纶"之说，未免过严，我就可以举出杜甫、李商隐的一些名句中的对仗，也不符合他这么严的诗律。但是我承认他自己的对仗就是不惜再三修订，力求工洽的。他的诗律之严，不是专门用来论人，而是首先用来律己的。所以总的来说，我承认他批评得很对。特别是我用了王安石"争墩"之典，对苏轼"婆笑"之典，本来自以为不仅宋对宋，而且半山对东坡，可谓铢两悉称，暗自得意。不料他指出，苏、王二人，在文章与政事两个领域都是显赫人物，而我用二人之典来自比，不用别人说，应该自己觉得太倨傲了，这个批评真使我羞愧，从此不敢轻易作诗。这里不必录出我的原诗，对照着细讲他所指教的，那太烦琐了。这里只要证明，他的诗绝不是通常所谓"打油诗"，不是随随便便耍点油腔滑调，而是出自深厚的功力，遵守严格的格律而成的。可惜有不少人，包括喜欢聂诗的人，以为聂体诗只凭一点聪明，几分怪诞，就作得出，能了解他的真功夫的并不是很多。他自己早有预料云："语涩心艰辨者稀。"又云，"微嫌得句解人稀。"程千帆先生曾经说聂老这个顾虑未免多余，究竟多余与否，恐怕还是难说。

聂老的深厚诗功，建筑在广博诗学上。单说他读诗之多，即从下引一信可见：

> 这几天，把一部大字潜研堂诗集送到厕所去了。当我有时搞点训诂时，我很佩服十驾斋，但乱翻诗集时，却未发现潜研堂有什么值得注意之处。不特此也，如经亮吉评过的乾嘉诗人们的诗，我看的也不算少了，依我看来，那些诗都大可不作，这一点他们没有一个赶得上老杜，老杜的忠君思想无论现在怎样不值一钱反以为累，但他的诗是应该作必须作作为好的。（一九七七年立春信）

我是教过几年"历代诗选"的，说来惭愧，宋以后的诗，除了极少数几位特大名家而外，我都只是从一些总集上看看而已，何曾认真读过几家诗集？什么乾嘉诗人的诗集，更是想也没有想过要读。聂老却读了，而且读得不少，居然读到潜研堂诗集，实在太出我的意外。有这样广博的诗学，才会有那样高的见识和成就。

谈了一阵诗之后，聂老研究起老庄来。这里可以引录一例：

老子说古之善为道者非以明民将以愚之，老二也说民不可使知之，孙子九地，能愚士卒之耳目使之无知。庄公齐物论（认识论）不管有多少辩证法，总归结为相对论、不可知论。与其颂尧而非桀不如两忘而化其道。死生彭殇臧获知愚……皆齐之。此皆愚民也。庄公似本属自愚，但真自愚，则不必著书，何必一面说予恶乎知之，一面又说，虽然可尝言之。自愚固佳，若以愚人，其中必包含其对立面：将以明民。因为告诉人齐物之理，就必须先说物之不齐（唯物论）而后才涉及唯心的齐物。听的人就可能变得聪明些。一面讲齐，一面又强调小知不及大知小年不及大年。我正想请求于兄告我此公究有多少矛盾也。

老子不敢为天下先，为天下豀谷。庄公演之为善无近名……缘督为经，中庸之道，自伍于残缺贫贱劳苦人中。其意若曰，看为豀谷到如此程度将得何结果？不意这么一来，所得结果极大，竟看出一切道德才智皆出于这些人中，圣人黄帝还对一小小牧童连称天师而退！这只是可以导致天翻地覆的思想。可惜为其他条件所限，所得到此而止，几千年来，无人敢在这上面再加寸进。要知道欧文好说下人：这些人是我的奴隶，没从他们身上看出什么来。两千年前的庄公就在劳动人民身上看出其道德才智在圣人之上，要说他不伟大是难的。这是我对此公着迷的原因。我以为只有这一点是积极的，是精华；齐物论之类是消极的，是糟粕。

老子说，天下神器不可为也，为者败之执者失之。又说治大国若烹小鲜。庄公就此义将劳动人民和天下隔离开来。天根游于……适遭无名人而问焉曰请问为天下，无名人曰去，汝鄙人也，何问之不豫也……发展到极致就成为让王篇中的许多一听说要他为天下就自杀。哀骀驼当人把国委之于他，他就逃走。这些是统治阶级思想，有利于统治阶级，是统治阶级所希望的，与上文所说道德才智之类，所能引起的思想是矛盾的。但也暴露了有道德才智的劳动人民不能应帝王，而帝王则是缺少道德才智的。为帝王不是由道德才智，而是像胠箧所说由于盗窃。而这又是矛盾的，是反统治阶级为统治阶级所深恶的。而且很近乎阶级学说。而这马克思主义以前所难有的，何况在几千年前！因之，即使只是近乎，也很伟大。

庄公还有别的矛盾。自己要大，要自由，大到九万里而图南，自由到入水不濡入火不热，与天地同游……吹过这些牛之后（或同时或在前）却很悲惨地叹息：知其不可奈何而安之若命者，德之至也。这种牛皮后来向两条路发展。一条是道教邪说，即呼风唤雨撒豆成兵刀枪不入等等如西游封神所述然。邪说是邪说，但其作用也不坏，它与人民起义有关，是反封建统治阶级的，其最高发展为黄巾、白莲、义和团等等，这恐怕与庄公多少有些关系，大宗师里的真人即封神中之太乙玉鼎乎？阐教之广成即黄帝之师乎？另一条近代科学的发明发现，许多颇似由古人幻

想而来，但这是全人类的幻想，不能专归于庄公了。但也不是全无关系，庄公幻想至少可代表汉人的。（一九七七年四月十三日信）

我对此毫无研究，不能赞一词，只觉得他的研究，真可谓高屋建瓴，一气吞吐，这么大气魄的老庄论，我还没有在别人那里听到过。

聂老特别喜欢庄子，有特别的理由：

> 庄子与他书最大不同是有了许多手艺人庖丁、匠石、轮扁、梓庆、工倕、磎工、渔夫、牧童；残疾人介者、兀者、无趾、驼背、无唇、瞀人；至于子来、子舆、子祀等为劳改对象尤明，还有强盗或奴隶起义头头……所有这些都不是偶然的。大胆说，这些人都是奴隶。现在却是书中的主人，比一切帝王黄帝尧舜禹汤文武都高，高得不可以道里计，这是春秋战国社会关系的反映，是奴隶制度瓦解过程中的反映，是与史籍所载卞和、莫干、鸡鸣狗盗抱关击柝屠夫赌徒之流都以家庭奴隶（食客）之类的身份或形式登上政治舞台的事相呼应的。从这一点钻进去，再把什么天道无为全德养生之类的理论融会一下，应有些与人不同的收获。（一九七七年三月八日信）

《庄子》书中这些人物，过去论者大概都只看作"寓言"，是突出他们形体的残缺，反衬精神的完美，突出他们身份的低下，反衬精神的超越；没有人思考过是不是取自现实社会中的真人。聂老这么看，当然与马克思主义的理论指引有关，也与他自己十年牢狱生活有关。他还与我面谈，怀疑庄子为漆园吏，那个漆园或许就是囚犯服苦役的地方，犹如今之所谓劳改农场，庄子就是那里的小吏——管理人员。这可是无从证实，也无从证伪了。

聂老谈庄子另一信有云：

生死问题为庄之最要，当一论之，大概很快就动笔。但要联系别人对此之认识。如齐景山（公）忽发感慨于×山上，晏[平]仲因之发挥了一大篇，此事曾见于晏子，另外尚见于何书，左传之类？兄记得否？王羲公、李太白、苏轼等都感人生短蹙，这些人都与庄公见解不同，或说庄公表面上与他们相反，何以这样？齐景公到苏公到金圣叹（金批论阮氏三雄绰号），都是奴隶主地主官僚诸侯士大夫们的观念，他们的生是幸福的，虽然乐中之悲，所以贪生怕死，嫌命短，想寿长。庄公从卑贱贫苦的人看到生是苦事，死是休息（列子同），甚至要死人复活，为死人所拒。但庄公并未坚持此见，他的养生和终天年的说法，恰好与此矛盾。从这一点钻进去，总可以搞出点什么来。请你告诉我，还有些什么人的怕死论或不怕死论，或有些什么书可供看等等。今天翻看了楚辞图，看了天问九章九歌之类的图，非常反感，觉得人如果与这些东西绝缘当是很幸福的，郑先生真好保存古人糟粕（萧云丛的最坏）。这些画似与道教有关，与某处壁画有关，但比那些匠人画的坏得多。同时也联想到庄公的乘天地之

正，入水不濡等等超自然的鬼话，如果只当作精神界的东西，原
也可以，如当作现实，却是极大荒谬。问题是这些话未必是庄公
创作，而是当时流行的一种宗教性的传说，如天问章（九）歌
然。那么庄公又未必不有若干进步性，若屈原然。两公均与宗教
有关，庄公尤甚。（一九七七年四月三十日信）

生死是大问题，我现在说不出什么，只可惜聂老说很快就要动笔的
文章，终于未见写出。我从这他这封信里受到的一个启发则是：庄
子很可能是对流行宗教迷信加以哲学化的大师。就是说，西周以
来，流行着一些宗教迷信，里面有那些乘天地之正，入水不濡等等
超自然的鬼话。庄子拿来，加以改造，成为精神界的东西，成为哲
学性的寓言，犹如屈原把楚国民间迷信改造成优美的文学形象。过
去我讲中国思想史，只着重道教与道家的区别，常常强调道教徒把
道家宗师拉扯过来以自重，没有想到二者之间其实有密切关系。如
果说国民思想结构有如金字塔，则流行宗教往往是其底部，哲学玄
学是其顶尖，相距虽远，实不可分。如果用聂老这种方法来研究中
国国民思想史，研究思想史这座金字塔的顶部与底部的关系，该可
以得出许多新的东西吧。

再后来，聂老来信，多谈小说，特别是《红楼梦》。有一次，
我向他谈起，无题诗与香奁诗，过去往往混而言之，其实不同，香
奁诗只是色情，无题诗则是爱情，至少有若干爱情成分。聂老回信
赞成此论，并且推广道：

申公之论，岂［独］诗为然，曲与小说，何莫非然！西厢一记非无题也，不知何物为爱。小说才子佳人之类或别的什么之类，汗牛充栋几乎全是黄色，偶有不太封建或胡说而已，可以说在金以前，文学上无家庭男女妻妾主奴社会……但金中亦无爱。惟红不但有上述种种而且有爱，有各种爱，平等的主奴的真实的爱。而爱与死又往往相连。为爱而牺牲的英雄都在奴而不在主。红的最高点不但在中国空前绝后，在世界上似亦少有。可见爱在西方也不是人人都领会的。玉、黛之间，玉、雯之间的某些描述，西洋小说亦未梦见，因某些东西正是他们所要避免的。照恩格斯财产起源书说，阶级社会难有男女平等关系，真正恋爱在历史上只有奴隶阶级的少男少女中偶有，地主奴主们内部也没有什么恋爱婚姻。手头无此书，不能引证。平等思想出自平等生活，出于等价交换，双方的平等关系的发达。李卓吾的民主思想恐与三宝太监之流的盛业有关，特彼不自知耳。曹雪公思想与家道中落有关，颇似鲁迅，但不知与其家世为织造一事有关否耳。

（一九七七年妇女节信）

　　聂老断言中国古典小说戏曲中，只有《红楼梦》第一次写了爱情，此外，《金瓶梅》固不必说，《西厢记》也"不知何物为爱"；他断言《红楼梦》所写的爱情，"西洋小说亦未梦见，因某些东西正是他们所要避免的"：都是大胆而又确切之论。我常常怀疑，为什么西洋人谈到中国小说，多谈"三言二拍"，少谈《红楼梦》？为什么我们能欣赏他们的罗密欧与朱丽叶，他们的安娜·卡列尼娜，他们不能欣赏我们的贾宝玉与林黛玉？看来应该用聂老之论作答。

聂老于《红楼梦》，最多奇论创见。他晚年所写的《小红论》，论定全书中只有小红一人敢于恋爱，恋爱成功，已经成为名文。此外，他还打算写《紫鹃论》，有一信说：

> 又将写一篇紫鹃论，紫鹃说（对黛玉）我又没有教你做坏事，这是弱点，她应该教黛玉做坏事，或者大事会成功。从来的丫头都是帮、劝、替小姐做坏事而得到好处的，如聊斋青梅篇，红娘更不谈，此论亦怪，我却很自喜。（一九八三年六月五日信）

他以前有咏紫鹃诗云：

> 秋悲春困困潇湘，我在佳人锦瑟旁。
> 爱海珠荒全是泪，情炉铁冷怎成钢。
> 亦闻蜚语传金锁，故撰危词耸玉郎。
> 绣口锦心参至计，侍儿肝胆照姑娘。

那时他认为紫鹃已经给黛玉出了“至计”，现在他进一步，认为紫鹃应该教黛玉做“坏事”，这才是“至计”，或者大事会成功。这虽是“怪论”，细想未尝没有道理，可惜这篇文章也没有写出。

没有写得出是难怪的。聂老狱中十年，身心备受摧残，出狱后有诗云：“十载寒窗铁屋居，归来举足要人扶。”他回京后的十年，基本上是在床上度过的。起初还能偶或下床，一九七七年给我的信有好几封还是毛笔正楷写的，弥足珍贵。后来就只能将几床棉被叠起来，斜靠着上半身，成天如此，不废写读。晚年的大量文稿信札，就是膝盖上放一块木板垫着写成的。一九八五年十二月二十二日他给我的最后一信，一开头说："我这回出院后，已根本不能下床了。学问文章，都没有了。其实本来如此。"令人酸鼻。可是下面接着说："听说有人写了红楼后卅回出版，颇得好评，不知有无此事，请告知一二。"仍然这么关心文学艺术的事，更令人敬佩。聂老平生，往往被人认为"玩世不恭"，还有人评论他的杂文中有"浮生若梦"思想，都是皮相之谈。就这十年他给我的信札里面，只鳞片羽，无不足以反映他是如何永远在思考着一些严肃的重大的问题。爰敢摘取一二，以此纪念他的诞辰一百周年。

二○○三年三月十八日

记聂绀弩谈诗遗札

绀弩同志逝世二十多天了，我只送过一副挽联：

匕首投枪，百炼犹存鉴湖冽。

贞心劲节，卅年同仰雪峰高。

上联说他的杂文继承了鲁迅的传统，下联说他一直敬服冯雪峰，我也愿附仰止景行之列。这其实没有说出什么来，此外我要说的还多，一时却不知从何说起。今天我拿出他赠我的最后一本书：他的旧体诗集《散宜生诗（增订、注释本）》（精装本），展对摩挲，万感纷陈，好吧，就从这里起，先说一点。

实际上，这本书是作者聂绀弩和注释者朱正两人合赠的。朱正同志由长沙来京，参加冯雪峰文艺思想讨论会，上月十六日晚到我家来，面赠此书。他说："你可得谢谢我。书是我送的，宝贵的是我替你找了聂老亲笔题赠。恐怕这是他最后的题赠了。"果然，内封上面题的"舒芜兄绀弩"五个字，已经不成字形。聂老十年卧

172

病，一直是"冷眼向窗看世界，热心倚枕写文章"（郁风、黄苗子戏赠绀弩联），稿子的字迹一直清楚，偶写毛笔字，屡为书法家虞北山教授所叹服，认为超过了专门书法名家；近一年来他的两腿萎缩了，字还是能写；前些时刚听说他两手也开始萎缩，现在亲眼看见他用萎缩的手写出的这样不成形的字了。我感到震动，打电话给周颖大姐探问情况。周大姐说："老聂还是那样。还是整天爱睡，手脚是萎缩了，饮食还是正常。"我稍稍放下心，因为彼此住处相距实在太远，路上需换两三次车，便没有马上去看望。我以为总还来得及。不料聂老八十四年的生命，只有最后的十天了。

二十一日，我参加了一个关于杂文的座谈会。我在会上说：中国杂文在发展。聂绀弩同志原是鲁迅以后第一流的杂文家，近十年来，他又以杂文入诗，创造了杂文的诗，或者诗体的杂文，开前人未有之境；同时如荒芜、邵燕祥、黄苗子、杨宪益、吴祖光等，都能以杂文入诗，而聂绀弩的成就最为卓著。我这些话并无新意，参加座谈会的人多数原来就是这样看的。我打算去看望聂老时把这个情况告诉他，不料聂老八十四年的生命只有最后六天了。

二十七日晚，我才得到聂老于二十六日逝世的噩耗，说什么都来不及了。又过了几天，才得到聂老自己赠我的《散宜生诗（增订、注释本）》（平装本），并无他的题赠的文字，是三联书店周健强同志根据聂老指定的赠书名单代寄的，大概寄递过程中有耽搁，周健强同志的附函还是聂老逝世前写的。我看着寄书的日期，更沉重地感到说什么都来不及了。

可是，《散宜生诗》的自序里面，有一段关于我的话：

某日舒芜兄来看我，其时我出狱不久，二十年未见，东谈西谈，不免也谈到诗，我知道他是懂诗的，拿出挽雪峰的几首诗给他看。他说好，并说要抄下来，把底子也拿去了。后来又写信来要看我的全部所作。我本以友为师，也就都给他了。他大概也都抄下了。退还底稿时，说了很多称赞的话。本来逐冬在十年前已曾称赞，我以为是应酬性的；这回舒芜说得更离谱，我不相信。我未学诗，并无师承，对别人的诗也看不懂（不知什么是好，好到什么程度。又什么是不好，又到什么程度）。作作诗，不过因为已经作过几首了，随便作得玩玩。以为旧诗适合于表达某种情感，二十余年，我恰有此种情感，故发而为诗；诗有时自己形成，不用我作。如斯而已，哪里会好？天好又能好到哪里去？不意有人从舒芜那里看见我的诗了，写信给我叫好；舒芜又和我不认识的诗家谈我的诗，甚至说是"奇诗"，诗家回他的信，都谈得很认真，说我别开生面。舒芜把人家给他的信寄给我看，我想，他们串通了来蒙混我的必要，大概是没有的，才渐渐相信他所说有些是真的。但到现在也仍然不完全相信我作的诗果真是诗，不懂别人所作的诗有何好坏。

　　这里面，有些地方要注，要疏，要笺，要证，先前也有人问过我，现在我检点聂老给我的遗札，有不少有关的材料，我想正好以聂解聂，或者这倒是较为切实的悼念。

　　我所存的聂老遗札第一通就是他手录的《挽雪峰前辈》四首诗

稿，可证他说我拿回家抄的，这是他记错了。诗稿末署一九七六年十二月二十一日，这只是他录诗的日期，并不是他说的我去看他的那个"某日"。他是一九七六年十一月才从山西临汾监狱释放回北京的。我由黄苗子同志处得知，便于"某日"去看他，总是在他录这组诗见示之前，当天晚上，我作了一首诗赠他：

　　　绀弩翁归自汾河，相见惘然。夜读吴汉槎诗，有"一去塞垣空别泪，重来京国是衰颜"之句，借取半联，衍为一律以赠

　　　已成永诀竟生还，十载浑如梦寐间；
　　　久历波涛无杂感，重来京国是衰颜。
　　　金红三水书何在？（翁旧题所居曰金红三水之斋，谓《金瓶梅》《红楼梦》《三国演义》《水浒传》也。）雪月风花句早删；
　　　陌路萧郎莫回首，（翁旧有印曰"垂老萧郎"，识一九五七年之事也）侯门更隔万重山。

我把这首诗寄给他，大概这之后他才把他哭雪峰的诗录寄给我。我回信说了什么"更离谱"的话，记不清了，但关于他能以杂文入诗，大概是说过的。他一九七九年元旦写信给我，对于诗里面的"无杂感"和信里面的"以杂文入诗"两点做了答复：

　　　兄谓我为无杂感为大误，并谓以杂感入诗，开前贤未到之

境，云云，未免过高。杂感实有之，不但今日有，即十年前也有，所以我认我所经历为罪有应得，平反为非分。至于以杂感入诗，目前尚未臻此。假我五年，八十以学诗，或可得其一二乎！……但桀骜之气，亦所本有，并想以力推动之，使更桀骜。而兄谓非所敢望，真反语矣。

可见我说他以杂文入诗，并没有说错，他承认是自觉地在走这条路。他当时虽已出狱，但他在"文革"中因有不满林彪、江青的言论而以"现行反革命"罪被判的无期徒刑仍未平反，当时中国虽已粉碎了"四人帮"，"文化大革命"还是神圣不可侵犯的，所以他愤激地说"我认我所经历为罪有应得，平反为非分"。

我又写信声明我说的是真话，不是"反语"，并且告诉他，朋辈中已公认他的诗自成"聂体"。一月五日他回信说：

论诗意，鄙意度之，均前人所不齿者，一为以文为诗，二为野狐禅，即人谓袁枚为通天神狐醉后露尾之意。但我亦不以为羞，不知其可羞。本不知何者为诗，何者为文，更不知何者为正法眼藏，再读书卅年亦未必能知，也就只好如此了。但兄谓有所谓"聂体"者，真使我大吃一惊，不知所谓"朋辈"果是何人。我诗不成体统，竟招致如此不成体统之论，笑煞天下诗人墨客乃至非诗人非墨客矣。大概我兄行文所至，笔先意到，不会真有此也。

我打算回答他说，所谓"朋辈"即是陈迩冬、黄苗子、张铁铉这几位老朋友，他不妨自己去问。我信尚未写，一月十一日他又来信云：

> 前信计达。几日未见回示，心中有些皇皇，因回思诗题似很不恭也。兄前信所说，颇使我半信半疑，但又亟愿真有此事。请想想，若真有人问海外东坡，诗真有聂体，文真五十年有此一家（不管是第几家），我该何等飘飘然！何况生挂吴剑乎？
>
> 我有许多弱点。其最大弱点为没有学问，六十余年前一小城小学生，怎会有学问？……此事本未瞒兄，兄亦未被瞒。但由此派生一事：我不懂欣赏，不爱看人家的文章，看亦懂不透，因此做批评家和编辑都不够格，尽管我自爱东涂西抹且似真有嗜痂者。因此，我很狂妄，小学生而成了文人；也很谦虚，有人真比我有学问。自大亦自卑。此事想兄早已洞察，但仍一吐，为兄知我论我之助。此亦对兄前函半信半疑之原因也。

他经常说得自己毫无学问，其实他能写出《释舅姑》《广古有复辅音说》那样有学问的文章，陈迩冬同志曾评为"千载何人释舅姑"，我看并未溢美，这些且不说了；而诗有别才，非关学也，既是名言，何况他从不是以学问为诗，所以他单单从"没有学问"这一点上来"半信半疑"，其实也就是不大怀疑了。

我写给他的信中，曾说过这样的意见：向来说"诗穷而后工"，说"欢愉之言难工，穷苦之辞易好"，其实古来写穷苦的诗，并没有多少好的。黄仲则的"全家都在西风里，九月衣裳未剪裁""茫茫来日愁如海，寄语羲和快着鞭"之类，无非酸寒而已，正是评论家说他的："其俗在骨"。而聂绀弩在北大荒在监牢里的那些诗，才是写穷苦的绝唱，写出了那样人所不堪的环境中一个不失人的尊严的人。他当时没有答复这一点，一九七七年二月二日信中才谈了一大段很重要的意见：

> 有一次你说写穷的名篇名句也少有，这是伟论。因为是关于我，不便插什么嘴，所以回信也未提及。吴梅村送吴汉槎（是否一家？）：开头山非山兮水非水，生非生兮死非死……这样叠了好几句，初读时喜极，认为它很投合我的桀骜之气，而且真写得一通到底。但是，我所经历的远比汉公经历的深广得多，但一点也未觉得像梅公所说的那样，倒是觉得到处都是生活、天地、社会，山繁水复，柳暗花明（这是说主导的一面，其他暂略）以及歌不尽颂不完的东西，才觉悟到梅公诗是以自己和朋友汉公之类，是高等明人或清人，应味列八簋而天下不以为泰，而今竟如此，所以云云，否则就是文字游戏。至于寒衣未剪，羲和着鞭，等于直接说我没钱，谈不上艺术表现法。杜甫有许多名作脍炙人口，长歌却并不怎么动人。什么人说，安得列夫要读者恐怖，读者却不恐怖，契诃夫不要人恐怖，人们却恐怖了，从这可得到许多领会。诗以穷工，它的本义当是人穷可以更深刻地领会一些所谓人情，更能接触到通人们所不留心的人、生活、阶层，得到许多诗的资本。杜甫就是一例。但杜公也是最喜直说穷苦的典型。

这一点却坑的人不少，许多诗集包括大人物陆游的，都是没做官怀才不遇，做了官又恨未早退，继承着杜的不优良传统。因此，你说表现穷的好东西又有什么呢？我认为是伟论。

按：吴梅村与吴汉槎不是一家，梅村太仓人，汉槎吴江人。梅村那首诗的题目是：《悲歌赠吴季子》，开头是"人生千里与万里，黯然销魂别而已，君独胡为至于此，生非生兮死非死，山非山兮水非水"，这些地方聂老记忆都有些模糊。但是他这段话，我认为极重要，是他的人生观和文学观，创作态度和创作方法的极重要的自述，不是他自己这样说出来，别人是难以看得这么深刻的。上面说过，我劫后重逢第一首赠他的诗就借用了吴汉槎的"重来京国是衰颜"之句，他现在实际上对此做了回答。我回信说这真正是见道之言。他三月八日信又加以补充云：

> 兄某函说，我认为何处皆［有］可歌颂者，并谓为见道之言。其实只是一面，其另一面何处皆有不可歌颂者。一分为二，此道非我见或首先见。屡想说此而屡忘，今补上。

这就更完整了。（后来我劝他把这个意见写出来，他便写了一篇《写出来篇答舒芜》在《随笔》双月刊上发表了，此是后话。）

聂老自序中说："舒芜又和我不认识的诗家谈我的诗，甚至说是'奇诗'，诗家回他的信，都谈得很认真，说我别开生面。舒芜把人家给他的信寄给我看，我想，他们串通了来蒙混我的必要，大概是没有的，才渐渐相信他所说有些是真的。"所谓他不认识的诗家，就是李慎之同志。聂老一九七八年七月十一日信专谈此事：

　　李公信已看及，我受到很大震动。原以为我根本不会作诗，或所作根本不是诗，谓为诗者，不过友朋之间，无可直说，偶然面谀而已。读此信，知你不但对我说，而且对别人说，不但说是诗，而且是……虽亦溢美，总非面谀。而且别人据说也同意，另一别人甚至谓为中国之这个那个，更谓若干年后必传，这在我们总是无法证明的了，想当在四五次"文化大革命"之后，且不管它。这个那个非妙事，不过说明我将被放或重进失掉的好东西（中国无放逐，放逐亦重进而已）。总之，都非面谀，这就使我想于这方面振奋一下。因思平生有两次"大作"，一为北大荒吟草均歌颂劳动者，迩公诿之为锄锹文字气干霄，略近百首，包括放牛，当更为中国之什么，亦即法庭所谓"发泄"者，旧曾奇怪何以谓之发泄，今见某公中国之某某之说，乃始有悟：我之歌颂，人则谓发泄也。此物已束之法院档案中，当尽量忆得，以求尊教。其二在失掉的好地方，曾改旧添新，成武汉大桥卅余首，曾抄以示人，其人了不措意，谓仅一联可取。旋被搜去，亦未念之。今思是亦有可忆存之处，忆之三日，仅得十余首。荒吟一盘散沙，可多可少。组诗则为整体，不及一半，缺欠自多，当更追忆，然亦苦矣。人无定见，合受此厄。此十余首已抄出，枉顾时当与手卷李函原件并呈。

自序中约略之辞，得此一函，可当详注。

从以上所引遗札看出，聂老作诗的态度非常严肃，要求自己非常严格。他所谓对自己的诗的怀疑，其实就是要与传统的诗学严格划清界限，怀疑别人是否懂得这个界限，是否仍然用了传统的标准来肯定他赞美他。他有句云："感恩赠答诗千首，语涩心艰辨者稀。"又有云："老想题诗天下遍，微嫌得句解人稀。"都是这个意思。及至他终于相信世上还有那么一些能解能辨之人，他才决心将诗集整理问世。今后，我相信会有深入研究聂诗的人，我希望摘记这些遗札能于研究有些助益。

聂老遗札中谈诗之语不仅这些，还有泛论诗学的，评别人的诗的，评我的诗的，都很精彩。特别是他一点也不喜欢我的诗，多次把我评得灰心丧气，然而细想都说得对，使我再也不敢轻易作诗。这些都抄出来未免太多，只好且俟将来别的机会。

一九八六年四月二十一日

一份白卷
——关于聂绀弩的《北荒草》

　　党沛家同志来信说他要写聂绀弩《北荒草》的本事，要我"从《北荒草》中选出部分诗篇，作简略的评论"，"以便写进本事中。"我找出党沛家的《忆聂绀弩同志在北大荒》（载《新文学史料》1987年第2期），重读一遍，觉得他不仅作为聂老的难友，熟悉《北荒草》的本事，而且，他对聂诗的了解也相当深刻和全面，我能说的几句话，超不出他的范围。这样，我实在交不出卷来，恐怕只好交一份为什么交不出卷的说明。

　　《北荒草》连同以后的三草，合编为《散宜生诗》，已经名震诗坛。可是，聂老在自序中反复申说他如何不会作诗，不以为自己所作的真是诗，不相信别人赞美他的诗是真话，以及他如何看不懂别人的诗，不懂别人的诗有何好坏，好在哪里，坏在哪里，等等。有些读者以为都只是谦辞，有些读者以为只是杂文家的反话，我却自以为能了解他的本意，干脆一句话就是，他是根本不赞成写旧体诗的。自序中说："以为旧诗适合于表达某种情感，二十余年来，我恰有此种情感，故发而为诗；诗有时自己形成，不用我作。"聂文好用"某种"字样，也许是杂文家的小小的狡狯，但是看到这里的"某种情感"，我却不禁微笑地想：这里可是瞒不过我，我可知道这指的什么。二十世纪五十年代他曾同我谈过："旧诗真作不得，一作，什么倒霉的感情都来了。"从一九五七年起"二十余年来"他所有的不正是"倒霉的感情"么？二十世纪七十年代末我们劫后重逢，谈到这个问题时，我发现他立场坚定如故。所谓新时期，报刊上发表的旧诗词多了起来，旧诗社词社也如雨后春笋地出现，聂老却认为这不是旧诗的复兴，只是回光返照。他认为旧诗当然总会有人写，但应该只是少数人的事，大多数青年还是要读新诗，写新诗。胡乔木同志建议《散宜生诗》加注，聂老给我的信中，对此很不以为然，主要理由是：这根本不是需要向青年普及的读物。后来，由朱正同志加注的新版还是出来了，但遵照聂老之意，注得极简。聂老又为这个注解本加写后记，说："它只是指出了典故，并没有解诗。但也希望那些典故，吓住青少年：原来要读这多书，能加运用，才能作诗！于是下决心不学旧诗，改学别的较好的东西。我又恨用的典故太少了。"这是他的由衷之言，不知青少年听了做何感想，我虽已承他赠送六十岁寿诗，但在他面前仍大大地是后辈，我能感到他对后辈的心是热的，真的。他从五四运动受到启蒙教育，后来成了无产阶级文艺运动的老战士，毕生忠于"五四"的战斗传统，捍卫马克思主义所继承和发展了的民主与科学的精神。一切对"五四"的背叛和偏离，都逃不过他的敏感，逃不脱他的抨击。五四运动反对写旧诗，提倡写新诗，新诗终于代替了旧诗在诗坛上的地位，这是一件大事。个人写写旧诗，本来无所不可，但是不能说五四运动错了，新诗运动错了。旧诗之所以不宜提倡，不仅因为它旧了，而且它的确最适于表现"某种感情"，形式反作用于内容，你要真想写好旧诗，你真会弄到什么倒霉的感情都来了。这一点是深通旧诗的聂绀弩才说得出的，"文化大革命"之后，忽然旧诗似乎复兴，这也证实了他的创见。他自己写了这么多这么好的旧诗，然而又切盼青年不要学作旧诗，这个矛盾是真诚的，痛苦的。他说他总以为自己作的不是诗，总不相信别人对他的诗的赞赏，因为他的确不去写一般的旧诗，然而"某种感情"又使他用了类似旧诗的形式，于是他总怕别人仍以一般的旧诗视之。"老想题诗天下遍，微嫌得句解人稀。"这种心情已经可以说是沉痛的了。

聂老说他看不懂别人的诗的好坏，我认为，这就是说，他和一般的旧诗，根本隔教，无话可说。实际上，他深通旧诗的格律，真要讲究这一套起来，他持论极严。我学作的旧诗，他根本不喜欢，说我太正统了，他往往根据严格的正统的格律，把我自己还有些得意的诗句，批评得体无完肤，而我不能不心服，后来作了也不大敢给他看了。更令我心服的还是对于诗中感情的批评，例如我有一联云："暮年宁效墩争谢，春梦微闻婆笑苏。"自以为对得铢两悉称，无懈可击。聂老却指出：王安石与苏轼，文章政事均极显赫，今乃用以自比，未免不伦。我又有一联云："身家荣悴枝头露，邦国经纶坝上军。"也颇自喜。聂老却指出：身家荣悴，何等大事，岂能以枝头露视之？前者使我憬然于自拟太夸，后者同样是太夸，不过是往下夸，总之都不合乎"修辞立其诚"的原则。这两联我并没有改，存其原状，我好永远以为鉴戒，不一定只限于作旧诗，别的上面也是有用的。回头再看聂老自己的诗，我这些毛病他都没有，足见他见到做到。我曾抄了我极佩服的某先生的诗给聂老看，他指出这些诗好虽好，仍未免有旧读书人的"恨恨而死"的味道。我再看，果然未免。而《北荒草》写那样的艰辛困辱的生活，却硬是没有一点"恨恨而死"的味道，于是我更能领会其卓绝不凡之处了。

聂老分明知道我如此不懂诗，然而他在《散宜生诗自序》中偏说我"是懂诗的"，我想也不是客套，不是反话，大概我在他眼中有一点可取，就是我从没有当真自以为诗人，从不以为今天还应该把作旧诗当作正而经之的文学事业。尽管新诗我一行也不曾写过，可是我坚决相信新诗应是中国诗歌的主流，这个态度，聂老是知道的，如果是凭着这个许我为"懂诗"，我是愿意领受的。

那么，关于聂老的诗怎么好，我固然说不出多少道理来，即便能说一点点，也不如不说，或者更符合他不希望青年学旧诗的深衷厚望。我只能交白卷的理由大概也说清楚了吧。

一九八八年第一天